LA LÉGENDE

DE

VICTOR HUGO

PAR

Paul LAFARGUE

PRIX : 0.30

PARIS

LIBRAIRIE G. JACQUES & Cie

1, rue Casimir-Delavigne

—

LA LÉGENDE

DE

VICTOR HUGO

LA LÉGENDE

DE

VICTOR HUGO

PAR

Paul LAFARGUE

————————

PARIS

LIBRAIRIE G. JACQUES & Cie

1, rue Casimir-Delavigne,

—

LE

PARTI OUVRIER FRANÇAIS

QU'EST-CE QUE LE PARTI OUVRIER FRANÇAIS ?

Le **PARTI OUVRIER FRANÇAIS** se propose de grouper, autour d'un programme commun et pour une action de classe, tous les travailleurs des deux sexes, *tant manuels qu'intellectuels*, en vue de la conquête totale du pouvoir politique, qui, seule, pourra réaliser l'affranchissement économique de la classe ouvrière, en socialisant définitivement l'ensemble de tous les moyens de production, actuellement possédés par une petite minorité de capitalistes non-travaillant, mais qui, devenus propriété collective de tous les travailleurs, à quelque nation qu'ils appartiennent fonctionneront pour l'usage et au profit de la société humaine tout entière.

LES CONGRÈS DU PARTI OUVRIER

Le Parti ouvrier français a tenu jusqu'ici dix-sept *Congrès nationaux* :

1876 (2-10 octobre). — *Congrès de Paris*, où fut, pour la première fois, adopté le principe des *candidatures ouvrières* ;

1878 (28 janvier-8 février). —*Congrès de Lyon*, où un petit noyau de délégués dépose une proposition tendant à l'appropriation collective du sol et des instruments de travail ;

1879 (20-31 octobre). — *Congrès de Marseille*, où la minorité de Lyon, devenue majorité, établit les principes constitutifs du Parti ouvrier ;

1880 (16-22 novembre). — *Congrès du Havre*, qui formule le programme du Parti avec ses considérants ;

1881 (30 octobre-6-novembre). — *Congrès de Reims*, qui maintient le programme intact contre les premières tentatives d'embourgeoisement du Parti ;

1882 (26 septembre-1er octobre). — *Congrès de Roanne*, où le programme de Marseille est complété et rédigé dans sa forme définitive ;

1884 (29 mars-7 avril). — *Congrès de Roubaix* qui, d'accord avec la *Democratic Federation* d'Angleterre, représentée par les citoyens Belfort-Bax et Quelch, inaugure le plan d'une campagne pour l'établissement d'une législation internationale ouvrière sur la base de la journée de huit heures ;

1890 (11-12 octobre). — *Congrès de Lille* qui, en même temps qu'il donne au Parti sa constitution intérieure définitive, fait un devoir à chaque militant d'entrer dans la Chambre syndicale de sa corporation ;

1891 (26-28 novembre). — *Congrès de Lyon*, où est adopté le *Programme municipal* avec lequel le Parti s'est installé en maître dans les Hôtels-de-Ville de grandes cités comme Lille, Roubaix, Marseille, Cette, Roanne, Montluçon, etc. ;

1892 (24-28 septembre). — *Congrès de Marseille*, qui élabore le *Programme agricole*, renfermant les revendications essentielles de la démocratie paysanne : travailleurs des champs, petits propriétaires, fermiers et métayers, appelés ainsi à s'organiser contre la féodalité terrienne ;

1893 (7-9 octobre). — *Congrès de Paris*, qui constitue à la Chambre des députés la *fraction parlementaire du Parti*, avec mandat de s'entendre et d'agir en commun avec les autres élus socialistes du Parlement ;

1894 (14-16 septembre). — *Congrès de Nantes* qui complète le Programme agricole en le faisant précéder de ses considérants ;

1895 (8-11 sept.). — *Congrès de Romilly*) où est

1896 (21-24 juillet). — *Congrès de Lille*)rédigé, avec le concours du syndicat des marins, le *Programme maritime*, comprenant les revendications des gens de mer, pêcheurs et marins de commerce.

1897 (10-13 juillet). — *Congrès de Paris*, qui résout, au point de vue socialiste, la question des syndicats et des coopératives ;

1898 (17-20 septembre). — *Congrès de Montluçon* qui, par des résolutions motivées, classe définitivement parmi les pires formes de la réaction, malgré leurs apparences démagogiques, les mouvements antisémites et nationalistes ;

1899 (13-17 août). — *Congrès d'Epernay,* où est préparée la collaboration du Parti à l'union des forces socialistes ;

Au *Congrès général des organisations socialistes françaises* (Paris 3-8 décembre 1899), où les délégués du Parti ouvrier représentaient sensiblement près de la moitié des mandats, les résolutions adoptées, interdisant à un socialiste d'entrer dans un ministère bourgeois et mettant sous le contrôle d'un organisme central les journaux, les élus et les candidats qui se réclament du socialisme, n'étaient, pour le fond et pour la forme, que les résolutions mêmes votées par le Parti dans son Congrès d'Epernay.

ORGANISATION DU PARTI

A. — ADMINISTRATION

Les adhérents au programme et à la tactique du Parti ouvrier français dans une même localité se constituent en *groupes d'études sociales,* dont les membres établissent en commun leur budget, prennent les mesures propres à propager les doctrines du Parti dans leur domaine d'action, abordent et étudient tous les problèmes que les événements se chargent de venir journellement leur poser. Ils sont autonomes.

Dans une grande circonscription urbaine, dans un département ou une région du territoire français, les divers groupes se forment en *Agglomérations,* en *Fédérations départementales* ou *régionales.*

Les délégués de ces groupes se réunissent annuellement en *Congrès régionaux ou départementaux* et s'entendent, après délibération, sur l'action commune à mener dans la région.

Un *Comité fédéral,* élu par chaque Congrès, assure, pendant l'année, l'exécution des décisions ainsi prises.

Un *Congrès national annuel* réunit, de tous les points de la France, les délégués des fédérations et groupes du Parti, qui viennent exposer et soumettre à la libre discussion, les projets et les avis qui émanent de leurs mandants. Les décisions et résolutions du Congrès national sont souveraines jusqu'au Congrès suivant : il est l'arbitre et le juge suprême du Parti.

D'un Congrès à l'autre, un *Conseil national,* élu et responsable, est chargé de veiller à l'exécution des décisions des Congrès. Il se compose :

1° D'une *Commission permanente* de 11 membres, nommée par le Congrès et chargée de l'Administration du Parti ;

2° D'un délégué, par Agglomération ou Fédération départementale ou régionale, choisi par sa fédération ou agglomération respective.

En toute occasion qui exige une action publique et unitaire du Parti, la Commission permanente convoque, en assemblée plénière, les représentants des Fédérations ou Agglomérations pour prendre les mesures nécessaires.

Les *Secrétaires* des groupes sont en relation permanente avec le Conseil national.

Toute l'action du Parti repose ainsi sur une *discipline librement consentie*. Indépendant dans l'étendue de son ressort immédiat, tout groupement dispose, en ce qui concerne la tactique à suivre sur un territoire plus étendu, d'une part d'influence dans les délibérations communes. Les décisions du Congrès national et celles du Conseil national qui le représente, sont ainsi l'expression directe de l'ensemble des tendances qui règnent dans le Parti.

Le Conseil national publie un organe central hebdomadaire, le *Socialiste* qui relie entre eux les groupes, pour lesquels l'abonnement est obligatoire.

B. — FINANCES.

Les groupes et les Fédérations fixent le montant des cotisations locales et fédérales payées par leurs membres. Toutefois, afin d'assurer une ressource permanente au Conseil national :

1° Tout membre du Parti doit posséder une *carte d'adhérent* et un *exemplaire du règlement général*, que les secrétaires se procurent au Conseil national, moyennant 25 centimes pour la carte et 10 centimes pour le règlement ;

2° Les reçus de cotisations mensuelles sont donnés aux membres au moyen de *timbres mobiles*, que les secrétaires achètent 5 centimes au Conseil national ;

3° Un *insigne* symbolique de métal est mis par le Conseil national à la disposition des secrétaires de groupes moyennant 25 centimes ;

4° Un *droit de 5 %* est perçu par le Conseil national sur le produit net de toute réunion, conférence, fête, etc., organisée par le Parti.

ACTION DU PARTI

Le devoir du Parti est de préparer, partout et toujours, par tous les moyens, la *révolution sociale* qui — pacifiquement ou violemment — mettra le pouvoir politique dans les mains du prolétariat organisé en parti de classe ; seule condition qui permettra *l'abolition du salariat* et la remise à la collectivité, du sol et des instruments de production.

C'est pourquoi les militants, les groupes et les Fédérations ont à instituer une agitation constante: *I. Par la propagande ; II. Par l'action électorale.*

I. — PAR LA PROPAGANDE

a) Propagande individuelle, qui s'exerce d'homme à homme, dans la maison, à l'atelier, dans tous les lieux de réunion ou l'on peut expliquer à un camarade le but et la raison d'être du Parti ;

b) Propagande collective, qui se fait :

1° Dans des réunions et des conférences, pour lesquelles les Conseils fédéraux et le Conseil national mettent à la disposition des groupes des orateurs dévoués ;

2° Par des articles de journaux, des brochures et des livres. — Le Parti, outre son organe central le *Socialiste*, possède une vingtaine de journaux hebdomadaires dans divers départements. Le Parti possède, en outre, une bibliothèque bien munie de brochures de propagande à bon marché;

3° Par des actions en masse : pétitions aux pouvoirs publics, referendum locaux, intervention dans les grèves au profit des ouvriers qui se lèvent pour défendre leur pain de chaque jour.

II. — PAR L'ACTION ÉLECTORALE

Le Parti doit présenter des candidats et faire pénétrer des représentants dans *tous les corps élus* :

Conseils des Prud'hommes ;
Conseils municipaux ;
Conseils d'arrondissement ;
Conseils généraux;
Chambre des députés ;
Sénat.

Car, 1°, la période électorale lui offre le terrain le plus favorable pour une lutte légale contre la bourgeoisie capitaliste qui détient le pouvoir ;

2° Partout où le prolétariat installe ses représentants, il peut, d'une part, réaliser, non pas des réformes socialistes, qui ne sont possibles que le jour où il sera lui-même en possession de l'Etat, mais des améliorations de détail apportant quelque soulagement, et par là même quelque force, à la classe des travailleurs ;

3° Les vœux et les propositions de lois déposées par les Elus du Parti, ou bien forcent la bourgeoisie, par la crainte de la révolte ouvrière, à lâcher quelque parcelle de sa domination, ou bien servent à montrer plus nettement, par le mauvais vouloir des capitalistes, que le prolétariat, pour son émancipation économique et politique, ne doit compter que sur lui-même et sur sa propre force.

COMMENT ON FONDE UN GROUPE

Il suffit de quelques hommes dévoués, désireux de prendre part à la propagande socialiste, pour constituer le noyau d'un groupe d'études sociales.

A la suite d'une réunion, pour laquelle il est

aisé de s'assurer le concours d'un ou plusieurs militants du Parti par l'intermédiaire d'un groupe déjà existant, d'une Fédération locale ou du Conseil national, le groupe déclare adhérer au programme et à la tactique du Parti ouvrier français. Il nomme un Secrétaire, qui adresse immédiatement au Conseil national la liste des membres du groupe, en lui demandant les cartes, insignes, exemplaires du règlement nécessaires, et en souscrivant un abonnement au *Socialiste*. (Trois mois : 1 fr. 50).

Dès lors, le groupe fonctionne et peut recruter autour de lui de nouvelles adhésions, assuré constamment de trouver l'aide la plus efficace auprès de tous les groupements du Parti, conformément à la devise :

TOUS POUR UN, UN POUR TOUS

Dès qu'il existe plusieurs groupes dans un même département, il est de leur intérêt et de leur devoir de s'entendre pour former une *Fédération départementale adhérente au Parti*.

Tous ceux qui, souffrant directement ou indirectement, des misères de la société actuelle, sont convaincus qu'elles ne peuvent cesser que par l'entente internationale des travailleurs pour l'expropriation politique et économique de la classe capitaliste et le retour à la collectivité de tous les moyens de production et de distribution des produits, doivent adhérer au Parti ouvrier français.

VIVE LE PARTI OUVRIER FRANÇAIS !
VIVE LA RÉVOLUTION SOCIALE !

Impr. spéciale de la Librairie G. JACQUES & Cie.

Victor Hugo appartient désormais à l'impartialité de l'histoire.

Dès le coup d'État de 1852 la légende s'est emparée de Hugo. Durant l'Empire, dans l'intérêt de la propagande anti-bonapartiste et républicaine, on n'osait s'opposer à cette cristallisation de la fantaisie, en quête de demi-dieux : après le 16 mai, il n'y avait pas nécessité de troubler les dernières années d'un homme âgé, dont le rôle était fini. Mais aujourd'hui que le poète, célébré par la presse, reconnu et proclamé le « grand homme du siècle » dort au Panthéon, « la colossale tombe des génies », la critique reconquiert ses droits. Elle peut sans crainte de compromettre des intérêts politiques et de blesser inutilement un vieillard devenu inoffensif étudier la vie de cet homme, au nom retentissant. Elle a le devoir de dégager la vérité enfouie sous les mensonges et les exagérations.

Les hugolâtres se scandaliseront de ce qu'une critique impie, ose porter la main sur leur idole : mais qu'ils en prennent leur parti. — La critique historique ne cherche pas à plaire et ne craint pas de déplaire.

Cette étude, écrite sur des notes recueillies en 1869, n'a pas la prétention d'épuiser le sujet, mais simplement de mettre en lumière le véritable caractère de Victor Hugo, si étrangement méconnu.

P. L.

Sainte-Pélagie, 23 juin 1885.

1

LA LÉGENDE DE VICTOR-HUGO (1)

I

Le premier juin 1885 Paris célébrait les plus magnifiques funérailles du siècle : il enterrait Victor Hugo *il poeta sovrano*. Pendant dix jours, la presse tout entière prépara l'opinion publique de France et d'Europe. Paris, un instant ému, par la promenade du drapeau rouge et les charges policières du Père Lachaise, qui revivifiaient les souvenirs de la Semaine sanglante, se remit à ne s'occuper que de celui qui fut « le plus illustre représentant de la conscience humaine ». Les journaux n'avaient pas assez de leurs trois pages, — la quatrième étant prise par les annonces, — pour exalter « le génie en qui vivait l'idée humaine ». La langue que Victor Hugo avait cependant enrichie de si nombreuses expressions laudatives, semblait pauvre aux journalistes, du moment qu'elle était appelée à traduire leur ad-

(1) *La célébration du centenaire de Victor Hugo, qui donne de l'actualité à cette étude, nous a suggéré l'idée de la républier : écrite le lendemain de sa mort, elle n'a pas encore perdu son originalité, le côté de la vie publique de Hugo qu'elle expose n'ayant été ni discuté, ni analysé.*

L'Editeur.

miration pour « le plus gigantesque penseur de l'u-
nivers », on recourut à l'image. Une feuille du
soir, à court de vocables, représenta sur sa première
page, le soleil plongeant dans l'océan. La mort de
Hugo était la mort d'un astre. « L'art était fini ! ».

La population, brassée par l'enthousiasme journa-
listique, jeta trois cent mille hommes, femmes et
enfants, derrière le char du pauvre qui emportait le
poète au Panthéon, et un million sur les places, les
rues et les trottoirs par où il passait.

Un velum noir voilait de deuil l'Arc-de-Triomphe
de la gloire impériale ; la lumière des becs de gaz
et des lampadaires filtrait, lugubre, à travers le
crêpe ; des couronnes d'immortelles et de peluches,
des portraits de Hugo sur son lit de mort, des médailles de bronze, portant gravé : *Deuil national...*,
enfin tous les symboles de la douleur désespérée
avaient été réquisitionnés, et pourtant la multitude
immense n'avait ni regrets pour le mort, ni souvenirs pour l'écrivain : Hugo lui était indifférent. Elle
paraissait ignorer que l'on menait, sous ses yeux,
au Panthéon « le plus grand poète qui eût jamais
existé ».

La foule houleuse et de belle humeur témoignait
bruyamment sa satisfaction du temps et du spectac-
cle ; elle s'enquérait du nom des célébrités et des
délégations de villes et de pays qui défilaient pour
son plaisir ; elle admirait les monumentales couronnes de fleurs portées sur des chars ; elle applaudis-
sait les fifres des sociétés de tir, déchirant les oreilles
de leurs airs discordants ; elle saluait de rires ironi-
ques Déroulède et son sérieux en redingote verte ; et

pour mettre le comble à sa joie, il ne manquait que le blason des *Benni-bouffe-toujours* du cortège, — le lapin sauté et leur arme, — la colossale seringue de carton.

Acteurs et spectateurs jubilaient. Il est vrai que les habitants des grands boulevards, désappointés de ce que l'on ne promenait pas le cadavre devant leurs portes, supputaient avec aigreur les sommes rondelettes qu'ils n'auraient pas manqué d'empocher ; le cœur ulcéré, ils se racontaient que des fenêtres et des balcons avaient été loués des centaines et des milliers de francs ; qu'en trois heures d'horloge on gagnait deux fois et plus le loyer de six mois. Mais le chagrin des grincheux disparaissait dans la réjouissance générale. Les brasseries à femmes du boulevard Saint-Michel débordaient sur le trottoir en échafaudage ; on achetait au poids de l'or le droit d'y cuire au soleil, en s'arrosant de bière frelatée. Les petites gens, installées aux bons endroits, dès la pointe du jour, qui avec une chaise, qui avec une table, un banc, une échelle, les cédaient aux curieux pour le prix de deux journées de rigolade et de vie de rentier. Les hôteliers, les cabaretiers, les fricoteurs de la race goulue souriaient d'allégresse en palpant dans leurs poches les pièces de cent sous que la fête rapportait : l'un d'eux disait d'un air très convaincu : « il faudrait qu'il meure toutes les semaines un Victor Hugo pour faire aller le commerce ! » Le commerce marchait en effet ! Commerce de fleurs et d'emblèmes mortuaires ; commerce de journaux, de gravures, de lyres en zing bronzé, doré, argenté, de médailles en galvano, d'effigies montées en épingle ; commerce de crêpe noir et de brassards, d'écharpes, de rubans tricolores et multicolores ; commerce de bière, de vin, de charcuterie ; les gens affamés mangeaient et buvaient debout dans la rue, devant les comptoirs, n'importe quoi et à n'importe quel prix ; commerce d'amour, — les provinciaux et les étrangers, venus des quatre coins de l'horizon, honoraient le mort en festoyant avec les horizontales.

Les funérailles du premier juin ont été dignes du mort qu'on panthéonisait et dignes de la classe qui escortait le cadavre.

Les organisations socialistes révolutionnaires de France et de l'Etranger, qui sont la partie consciente du prolétariat, ne s'étaient pas fait représenter aux obsèques de Victor Hugo. Les anarchistes faisaient exception et pour se distinguer une fois de plus des socialistes révolutionnaires, ils essayèrent de mêler leur drapeau noir aux drapeaux multicolores du cortège ; Elisée Reclus, leur homme remarquable, pria son ami Nadar d'inscrire son nom sur le registre mortuaire. Cependant le gouvernement en frappant d'interdit le déploiement du drapeau rouge ; M. Vacquerie en déclarant que dans l'exil, Hugo avait toujours marché derrière le drapeau rouge toutes les fois qu'on portait en terre une des victimes du coup d'Etat, et la presse radicale en réclamant le droit à la rue pour l'étendard de la Commune et en rappelant qu'en 1871 le proscrit de l'Empire avait ouvert sa maison de Bruxelles aux vaincus de Paris, tous semblaient à l'envie convier les révolutionnaires à s'assembler autour du cercueil de Victor Hugo, comme centre de ralliement des partis républicains. Mais les révolutionnaires socialistes refusèrent de prendre part à la promenade carnavalesque du premier juin.

La Cité de Londres, invitée, n'envoya pas de délégation aux funérailles du poète : des membres de son conseil prétendirent qu'ils n'avaient rien compris à la lecture de ses ouvrages ; c'était en effet bien mal comprendre Victor Hugo que de motiver son refus par de telles raisons. Sans nul doute, les honorables Michelin, Ruel et Lyon Allemand de Londres s'imaginèrent que l'écrivain, qui venait de trépasser, était un de ces prolétaires de la plume, qui louent à la semaine et à l'année leurs cervelles aux Hachette de l'éditorat et aux Villemessant de la presse. Mais si on leur avait appris que le mort avait son compte chez Rothschild, qu'il était le plus fort actionnaire de la Banque belge, qu'en homme prévoyant, il avait placé ses fonds hors de France, où l'on fait des révolutions et où l'on parle de brûler le Grand livre, et qu'il ne se départit de sa prudence et n'acheta de l'emprunt de cinq milliards pour la libération de sa patrie, que parce que le placement était à six pour cent ; si on leur avait fait entendre que le poète avait amassé cinq millions en vendant des phrases et des mots, qu'il avait été un habile commerçant de lettres, un maître dans l'art de débattre et de dresser un contrat à son avantage, qu'il s'était enrichi en ruinant ses éditeurs, ce qui ne s'était jamais vu ; si on avait ainsi énuméré les titres du mort, certes les honorables représentants

de la Cité de Londres, ce cœur commercial des deux
mondes, n'auraient pas marchandé leur adhésion
à l'importante cérémonie ; ils auraient, au contraire,
tenu à honorer le millionnaire qui sut allier la poésie au *doit* et *avoir*.

La bourgeoisie de France, mieux renseignée, voyait
dans Victor Hugo une des plus parfaites et des
plus brillantes personnifications de ses instincts, de
ses passions et de ses pensées.

La presse bourgeoise, grisée par les louanges hy-
perboliques qu'elle jetait à pleines colonnes sur le
mort, négligea de mettre en relief le côté *représentatif* de Victor Hugo, qui sera peut-être son titre le
plus réel aux yeux de la postérité : Je vais essayer
de réparer cet oubli.

II

Les légitimistes ne pardonnent pas à Victor Hugo,
l'ultra-royaliste et l'ardent catholique d'avant 1830
d'être passé au parti républicain. Ils oublient qu'un
fils de vendéen, M. de la Rochejacquelein, enrôlé
dans le Sénat du second Empire, répondit cavalière-
ment à de semblables reproches : « Il n'y a que les
imbéciles qui ne changent jamais ». Le poète, incapable de ce dédain aristocratique, ne lança jamais
au parti qu'il désertait cette impertinente excuse :
mais il voulut expliquer aux républicains pourquoi
il avait été royaliste.

— Ma mère était une *brigande* de la Vendée ;
à quinze ans elle fuyait à travers le Bocage, comme
Madame Bonchamp, comme Madame de la Roche-

jacquelein, écrit-il en 1831, dans la préface des *Feuilles d'automne*. — Mon père, soldat de la République et de l'Empire bivouaquait en Europe ; je vécus auprès de ma mère et subis ses opinions ; pour elle « la Révolution c'était la guillotine, Bonaparte l'homme qui prenait les fils, l'empire du sabre (1) ». Son influence, non contrebalancée, planta dans le jeune cœur de Hugo une haine vigoureuse de Napoléon et de la Révolution, car « il était soumis en tout à sa mère et prêt à tout ce qu'elle voulait (2) ». Le royalisme de Hugo n'était que de la piété filiale et l'on sait que personne, mieux que lui, ne mérita l'épitaphe de bon fils, bon mari, bon père.

Emporté par son imagination, Hugo, le converti de 1830, se figurait les opinions de sa mère, non telles qu'elles avaient été, mais telles que les besoins de son excuse les exigeaient. En effet, cette brigande, qui battait la campagne pour le *Roy* s'amouracha d'un *pataud*, du républicain J.-L.-S. Hugo, qui, pour se mettre à la mode du jour, s'était affublé du prénom de *Brutus*. Elle l'avait connu à Nantes où siégeait une commission militaire, qui, parfois, jugeait et passait par les armes, en un seul jour, des fournées de dix et douze *brigands* et *brigandes*. Brutus Hugo remplissait auprès de cette commission les fonctions de greffier. En 1796, la brigande épousa civilement le soldat républicain, qui, plus Brutus que jamais, était pour l'instant et le resta jusqu'en 1797, rappor-

(1) Victor Hugo. *Philosophie et littérature mêlées*, 1831 Vol. 1. 203.
(2) *Victor Hugo raconté par un témoin de sa vie*. Vol. 1. 147. **Première édition.**

1*

teur d'un conseil de guerre, qui jugeait expéditive-
ment les royalistes : sans autre forme de procès, il
les condamnait à mort, leur identité et inscription
sur la liste des suspects, constatées. La brigande
suivit son mari à Madrid, orna la cour de Joseph qui
sur le trône d'Espagne, remplaçait le roi légitime, et
permit à son fils aîné Abel, d'endosser la livrée
bonapartiste, en qualité de page. Le royalisme de
Madame Hugo, si tant est qu'elle eut une opinion politique, devait être bien platonique : autrement il
faudrait admettre que cette femme si courageuse, si
fidèle en ses amitiés (pendant 18 mois, au risque de
mille dangers, elle cacha aux Feuillantines, le général Lahorie, traqué par la police impériale). aurait
ainsi renié sa foi et pactisé avec les plus cruels
ennemis de son parti. Hugo a dû ne savoir à quelle
excuse se vouer, pour en arriver à prêter à sa mère
défunte, des opinions en contradiction si flagrante
avec les actes de sa vie et à nous la montrer traître
au parti, traître au roi pour qui elle aurait affronté
la mort. Lui, le fils pieux, il a dû souffrir d'être ré-
duit à flétrir la mère si dévouée à ses enfants, qui les
éleva et les soigna si tendrement alors que le père
les abandonnait, qui les laissa librement se dévelop-
per et obéir aux impulsions de leur nature. Mais il
lui fallait à tout prix trouver quelqu'un, sur qui
rejeter la responsabilité de ses odes royalistes, qui
l'embarrassaient davantage que le boulet ne gêne le
forçat pour fuir à travers champs : il prit sa mère (1).

(1) De 1817 à 1826 aucun événement heureux ou malheureux
ne pouvait arriver à la famille royale, sans qu'il ne saisit aussi-
tôt sa bonne plume d'oie : tantôt c'est une naissance, un baptême, une mort ; tantôt un avènement, un sacre, qui allume

Il peut invoquer des circonstances atténuantes. On utilisait, à l'époque, la mère de toutes les façons ; elle était déjà la grande ficelle dramatique : c'était le souvenir de la mère qui au théâtre paralysait le bras de l'assassin prêt à frapper ; c'était la croix de la mère, qui exhibée au moment psychologique, prévenait le viol, l'inceste et sauvait l'héroïne ; c'était la mort de sa mère, qui du Chateaubriand sceptique et disciple de Jean-Jacques de 1797, tira le Chateaubriand mystagogique d'*Atala* et du *Génie du Christianisme* de 1800. Victor Hugo qui ne devança jamais de 24 heures l'opinion publique, mais sut toujours lui emboîter le pas, singeait Chateaubriand son maître, et appliquait à son usage privé le truc qui ne ratait pas son effet au théâtre.

Que le royalisme de Hugo fût de circonstance ou d'origine maternelle, peu importe ; il est certain qu'il était grassement payé, et c'était heureux, car le public achetait avec modération ses livres : les éditeurs de *Han d'Islande* lui écrivaient en 1823 qu'ils ne savaient comment se débarrasser des 500 exemplaires de la première édition, qui restaient en magasin. Louis XVIII octroyait au poète, en septembre 1822, une pension de 1.000 francs sur sa cassette particulière et, en février 1823, une seconde pension de 2.000 francs sur les fonds littéraires du ministère de l'Intérieur. Victor Hugo et ses deux frères, Abel et Eugène, faisaient avec courage et tenacité le siège de ces fonds littéraires ; en 1821, ils se plaignaient amèrement de ce que le ministère n'avait pas sub-

sa verve. Hugo est le Belmontet de Louis XVIII et de Charles X ; il est le poète officiel, attaché au service personnel de la famille royale.

ventionné leur revue bi-mensuelle, *Le Conservateur littéraire* (1). Ils défendaient avec âpreté le
fond des reptiles en même temps qu'ils l'ata-
quaient avec convoitise ; ainsi le *Conservateur* s'in-
dignait contre Benjamin Constant, cet « ex-homme
de lettres qui a fait refuser à la Chambre une somme
de 40.000 francs destinée à donner des encourage-
ments aux gens de lettres. Le but du député libéral
est, dit-il, d'empêcher que cette somme ne serve à
soudoyer quelque pamphlétaire ministériel (2) ».
Rogner les fonds secrets du ministre, c'était porter
la main sur la propriété des Hugo. A la fin de l'année 1826, Victor réclamait au vicomte de la Roche-
foucauld une augmentation de la part qui lui reve
nait sur ces fonds : depuis que ma pension a été ac-
cordée, écrivait-il, « quatre ans se sont écoulés et si
ma pension est restée ce qu'elle était, j'ai eu du
moins la joie (qui ne le réjouissait pas) de voir la
bonté du roi augmenter les pensions de plusieurs
hommes de lettres de mes amis et dont quelques-uns
la dépassent de plus du double. Ma pension seule

(1) La plainte de ces intéressants et intéressés jeunes gens
est touchante. « *Le Conservateur* n'a reçu aucun encourage-
ment du gouvernement, disent-ils. D'autres recueils ont trouvé
moyen de faire bénéfice sur les faveurs du ministre du roi,
lesquels se sont souvenus des avantages de l'économie lorsqu'il s'est agi d'encourager un ouvrage assez maladroit pour se
montrer royaliste et indépendant. » (Préface du troisième vo-
lume du *Conservateur littéraire*). — Cependant page 361 du
même recueil on lit : « L'ode sur *la mort du duc de Berry*,
insérée dans la septième livraison, ayant été communiquée par
le comte de Neufchâteau au duc de Richelieu, président du
conseil des ministres et zélé pour les lettres, qui l'ayant jugée
digne d'être mise sous les yeux du Roi, sa Majesté daigna or-
donner qu'une gratification (*sic*), de 500 fr. fût remise à l'auteur, M. V. Hugo, en témoignage de son auguste satisfaction. »
(2) Le *Conservateur littéraire*, vol. 2, p. 245.

étant restée stationnaire, je pense, monsieur le vicomte, n'être pas sans quelque droit à une augmentation... Je dépose avec confiance ma demande entre vos mains, en vous priant de vouloir la mettre sous les yeux de ce roi qui veut faire des beaux-arts, le fleuron le plus éclatant de sa couronne. » On ne tint nul compte de la demande si pressante et si motivée du fidèle serviteur, qui pour se consoler, épancha son désappointement dans une pièce de vers, où il traita Charles X de « roi-soliveau » et ses ministres de malandrins, qui « vendraient la France aux cosaques et l'âme aux hiboux.» Mais afin de conserver les pensions acquises, il garda ses vers en portefeuille jusqu'en 1866: ils sont publiés dans *Les chansons des rues et des bois* sous le titre : « Écrit en 1827. »

Il est regrettable que Victor Hugo, au lieu de prêter à sa mère ses opinions royalistes pour pallier son péché de royalisme, n'ait pas simplement avoué la vérité, qui était si honorable. En effet qu'y a-t-il de plus honorable que de gagner de l'argent ! Hugo vendait au roi et à ses ministres son talent lyrique, comme l'ingénieur et le chimiste louent aux capitalistes leurs connaissances mathématiques et chimiques, il détaillait sa marchandise intellectuelle en strophes et en odes, comme l'épicier et le mercier débitent leur cotonnade au mètre et leur huile en flacons. S'il avait confessé qu'en rimant l'ode *sur la naissance du duc de Bordeaux* ou l'ode sur son *Baptême*, ou n'importe quelle autre de ses odes, il avait été inspiré et soutenu par l'espoir du gain, il aurait du coup conquis la haute estime de la Bourgeoisie, qui ne connaît que le *donnant donnant* et *l'égal échange* et qui n'admet pas que l'on distribue des vers, des asticots ou des savates gratis *pro deo*. Convaincue que Victor Hugo ne faisait pas de « l'art pour l'art », mais produisait des vers pour les vendre, la bourgeoisie aurait imposé silence aux plumitifs envieux qui, sous Louis-Philippe, reprochaient à l'écrivain, ses gratifications royales.

Si le poète avait, sans ambages et détours exposé le véritable motif de sa conduite royaliste, il aurait rendu à la poésie française un service plus réel qu'en écrivant *Hernani*, *Ruy Blas* et surtout la préface de *Cromwell :* il aurait doté la France de plusieurs Hugo, bien qu'un seul suffise et au-delà à la gloire d'un siècle.

Baudelaire, cet esprit mal venu dans ce siècle de mercantilisme, ce mal appris qui abominait le commerce, se lamentait de ce que lorsque :

Le poète apparaît en ce monde ennuyé,
Sa mère épouvantée et pleine de blasphèmes,
Crispe ses poings vers Dieu qui la prend en pitié.

Pourquoi, dans les familles bourgeoises, des imprécations et des colères accueillent le poète à sa naissance ? Parce que, on a si souvent répété que les poètes vivent dans la pauvreté et meurent à l'hôpital, comme Gilbert, comme Malfilâtre, que les pères et mères ont dû finir par croire que poésie était synonyme de misère. Mais si on leur avait prouvé que dans ce siècle du Progrès, les romantiques

avaient domestiqué la muse vagabonde, qu'ils lui
avaient enseigné l'art de « jouer de l'encensoir, d'é-
panouir la rate du vulgaire, pour gagner le pain de
chaque soir » (1), et si on leur avait montré le chef
de l'école romantique recevant à vingt ans trois
mille francs de pension pour des vers « somnifères »
les parents, jugeant que la poésie rapportait davantage que l'élève des lapins ou la tenue des livres
auraient encouragé, au lieu de réprimer, les vel-
léités poétiques de leur progéniture (2).

La bourgeoisie industrielle et commerciale n'aurait pas attendu sa mort pour ranger Victor Hugo,
parmi les plus grands hommes de son histoire, si elle
avait connu les sacrifices héroïques qu'il s'imposa
et les tortures mentales qu'il supporta pour acqué-
rir ces deux pensions.

III

Madame Hugo n'aimait pas Napoléon, elle choi-
sissait pour amis ses ennemis ; après la défaite de
Waterloo, afin de fouler aux pieds la couleur de
l'Empire, elle se chaussa de bottines vertes, ce

---

(1) Baudelaire. *Les fleurs du Mal.* (*Bénédiction*; *La Muse vé-
nale*).

(2) Cette impertinente épithète est de Stendhal, qui pas plus
que Baudelaire n'entendait rien au commerce des lettres.
« *L'Edinburgh Review*, écrit-il, s'est complètement trompé en
faisant de Lamartine le poète du parti *ultra*... le véritable
poète du parti, c'est M. Hugo. Ce M. Hugo a un talent dans le
genre de celui de Young, l'auteur des *Night Thoughts*, il est
toujours exagéré à froid... L'on ne peut nier au surplus, qu'il
sache bien faire des vers français, malheureusement il est
somnifère ». *Correspondance inédite de Stendhal.* Vol. I. 22.

simple fait caractérise la nature violente de ses sentiments (1). L'oncle et le père de Hugo nourrissaient de nombreux griefs contre l'empereur, qui refusa de confirmer ce dernier dans son grade de général, conféré par Joseph. Lahorie, qui pendant sa réclusion de 18 mois aux Feuillantines, apprenait au jeune Victor à « lire Tacite », ne devait pas non plus, lui inculquer l'amour de Bonaparte, contre lequel il conspirait. Hugo devait donc épouser la haine de sa mère pour Napoléon, que partageaient son mari et ses amis, en même temps qu'il endossait ses opinions royalistes. Mais il fut réfractaire à toute influence, personne ne put lui imposer ses sentiments, ni père ni mère, ni oncle, ni amis : Napoléon et son extraordinaire fortune emplissaient sa tête ; « son image sans cesse ébranlait sa pensée ». Tous les hommes de sa génération subirent cette action troublante. Il faut lire *Rouge et Noir* pour comprendre à quel point Napoléon s'empara de l'imagination des hommes de vouloir et de pouvoir. Toute sa vie, il obséda Hugo : tout enfant, il était son idéal. Ses camarades d'école jouaient des pièces de théâtre de sa composition ou de celles de son frère Eugène. « Les sujets habituels de ces pièces étaient les guerres de l'empire..... c'était Victor qui jouait Napoléon. Alors il couvrait de décorations sa poitrine rayonnante d'aigles d'or et d'argent. » (2). En ces temps il songeait fort peu à la Vendée et à ses vierges martyres, à Henri IV et aux vertus des rois légitimes : Napoléon le possédait

(1) *Victor Hugo Rac.* Vol. 1.252.
(2) *Victor Hugo. Rac.* Vol. I.

tout entier ; et oubliant les jeux de l'adolescence,
il étudiait ses campagnes, et suivait sur la carte, la
marche de ses armées.

Mais que son héros, battu à Waterloo, soit empri-
sonné à Sainte-Hélène, que son père, pour avoir re-
fusé de rendre à l'étranger la forteresse de Thionville
soit accusé de trahison, que Louis XVIII, fasse son
entrée triomphale dans Paris, escorté de « cosaques
énormes, roulant des yeux féroces sous des bonnets
poilus, brandissant des lances rouges de sang et portant au cou des colliers d'oreilles humaines, mêlées
de chaines de montres ; » (1) et le jeune poète, pare
« sa boutonnière d'un lys d'argent », choisit pour
sujet de sa première tragédie, une restauration, et in-
jurie Bonaparte « ce tyran qui ravageait la terre. » (2).

Et pendant dix ans, sans éprouver un moment
de lassitude, il fit « tonner dans ses vers la malé-
diction des morts, comme un écho de sa fatale gloire » (3). Il faut arriver à 1827, pour le voir dans son
Ode à la Colonne, essayer de glorifier indirectement
l'Empire en glorifiant ses maréchaux ; mais pour se
départir de la conduite qu'il s'était imposée et qu'il
avait suivie avec tant de fermeté, Hugo avait une
excuse. L'insulte faite par l'ambassade d'Autriche,
aux maréchaux Soult et Oudinot, indigna si fortement
l'armée et la cour, que les *Débats* et les journaux
royalistes prirent leur défense, en écrivant l'*Ode à*

(1) *Victor Hugo. Rac*. Vol. I.

(2) Pièce de vers *Sur le bonheur de l'Etude*, envoyé au
concours de poésie de 1817 : tout lui devenait occasion pour
outrager son héros.

(3) *Odes et Ballades. Les deux Iles*. Edit. de 1826.

la Colonne, il obéissait au mot d'ordre donné par le parti royaliste. *Les Débats* l'insérèrent à leur troisième page.

Il serait difficile, si on ne connaissait les mœurs du temps et les qualités de la famille Hugo, de comprendre qu'un jeune homme, fût-il de génie, put posséder d'une manière si parfaite, l'art de se contenir et de dissimuler ses sentiments.

Les régimes politiques s'étaient succédés depuis 1789, avec une rapidité si vertigineuse, que l'art de renier ses opinions et de saluer le soleil levant, était cultivé comme une nécessité de la lutte pour l'existence (1). La famille Hugo excella dans cet art précieux. Quelques détails biographiques sur le général Hugo et sur son fils aîné, Abel, diminueront peut-être l'admiration des hugolâtres pour le génie machiavélique de leur héros ; mais permettront au psychologue de s'expliquer comment tant de diplomatie pouvait se loger dans un si jeune cerveau.

Brutus Hugo, le farouche républicain de 1793, qui pourvoyait de chouans et de royalistes, les pelotons d'exécution et la guillotine, fructidorise le Corps législatif avec Augereau, prend du service dans le

---

(1) Les amateurs d'acrobatie politique trouveront dans le *Dictionnaire des Girouettes* de Prosny d'Eppe et dans le *Nouveau Dictionnaire des Girouettes de 1831*, de quoi exciter leur admiration la plus exigeante. Ils s'étonneront avec Chateaubriand « qu'il y ait des hommes, qui après avoir prêté serment à la République une et indivisible, au Directoire en cinq personnes, au Consulat en trois, à l'Empire en une seule, à la première Restauration, à l'acte additionnel, à la seconde Restauration, ont encore quelque chose à prêter à Louis-Philippe ».

— « Hé, hé, disait en souriant Talleyrand, après avoir prêté serment à Louis-Philippe, Sire, c'est le treizième ! ».

palais de Joseph, en qualité de majordome, troque
son surnom romain, contre un titre de Comte espagnol, prête serment à Louis XVIII qui le décore de la
croix de Saint-Louis, se rallie à Napoléon, débarqué
à Cannes, offre de reprêter serment à Louis XVIII,
retour de Gand, qui le met à la retraite et l'interne
à Blois ; là pour occuper ses loisirs, il écrit ses *Mé-
moires*. Abel, son fils aîné, les enrichit d'un précis
historique, débutant par cet acte de foi : « Attaché
par conviction à la monarchie constitutionnelle, pro-
fondément pénétré du dogme de la légitimité, dévoué
par sentiment à l'auguste famille qui nous a rendu,
etc... ».

Victor Hugo ne pouvait se lasser d'admirer les
exemples de conduite loyale que léguait à ses enfants
l'ex-Brutus : il lui dit :

> Va, tes fils sont contents de ton noble héritage,
> Le plus beau patrimoine est un nom vénéré !

Odes. Livre II. VIII. Edit. 1823.

Abel, mort en 1873, vécut jusqu'en 1815 presque
toujours auprès de son père : il ne pouvait donc
rendre sa mère responsable de l'ultra-royalisme
qui se révéla subitement dans ses écrits après la
chute de l'Empire. Ainsi que Victor, il était spécia-
lement attaché au service personnel de la famille
royale. Tandis que Victor chante en vers le sacre
du roi, il publie, en prose *La vie anecdotique du
comte d'Artois, aujourd'hui Charles X* : «Aucun
prince ne fut plus séduisant que le comte d'Artois...
il est rempli de grâce, de franchise, de noblesse,

etc... » et cela continue ainsi pendant des dizaines
de pages. Le roi encensé, il allonge son coup de
pied à « cette révolution, qui se plongeait dans tous
les crimes et rampait sous tous les maîtres », il insulte
Buonaparte, se pâme à la lecture de *la proclama-
tion à l'armée* du Comte d'Artois, lieutenant-géné-
ral du royaume, envoyé à Lyon pour arrêter la
marche de Napoléon, et il la comm ente ainsi : « Plus
le l_r ˜gage était noble et délicat, moins il était propre a faire impression sur des esprits qui ne semblaient accessibles, qu'à celui de la séduction. Les
traîtres n'y opposèrent qu'un rire moqueur ». Son
père, le général Hugo, était parmi ces traîtres. —
Charles X exilé, Abel décoré par Louis-Philippe pour
« services rendus par la plume », écrivit l'*Histoire populaire de Napoléon* (1853), elle lui valut les chauds
compliments du prince Napoléon.

Abel joignait à cette remarquable souplesse de
conduite, un esprit commercial, fécond en ressources.
Il publia pour répondre aux engouements du public
et pour satisfaire ses goûts, des études sur le théâtre
Espagnol, une édition du *Romancero*, une brochure
sur le *Guano, sa valeur comme engrais*, un guide
perpétuel de Paris : *Tout Paris pour 12 sous*, un
mémoire sur *la période de Disette, qui menace la
France*, une *Histoire de France illustrée ;* il com-
posa un vaudeville en collaboration avec Romieu ;
il étudia *L'Afrique* au point de vue agricole, créa
le *Journal du Soir*, inventa les publications illus-
trées, par livraison, etc. Abel était un habile industriel de lettres.

Mais ce à quoi on ne devait s'attendre, c'est de

rencontrer chez le soldat des guerres de l'empire, cette humanitairie qui, sur la lyre de Victor devait se substituer au roi et au catholicisme. Sous le pseudonyme de Genty, le général Hugo publiait en 1818 une brochure où se mêlent avec bonheur les préoccupations de l'industriel et du philanthrope (1). Il y résout ce double problème : donner une dot aux enfants trouvés, et procurer des travailleurs blancs aux planteurs, qui ne pouvaient plus, comme par le passé, aller chercher des noirs sur la côte africaine.

Les travailleurs blancs seraient pris aux Enfants trouvés. Le gouvernement élevant ces enfants à ses frais, peut en disposer à son gré : « il se chargerait de fournir aux colons, des enfants dans l'âge de 9 à 10 ans pour les filles, et de 10 à 11 ans pour les garçons. L'engagement pour tous prendrait la date même de leur embarquement et ne pourrait excéder 15 années, à l'expiration desquelles il cesserait de droit. L'administration ferait alors compter à ces enfants à titre de dot, savoir aux hommes 600 francs, et aux femmes 500 francs. » Ce projet satisferait tout le monde, et lierait étroitement les colonies à la métropole. Les colons achetaient leurs négrillons des 2 et 4 cents francs : la mère patrie leur fournit les petits blancs gratis. Les enfants blancs qui résisteraient au régime des coups de fouet et de travail forcé des planteurs, recevraient au bout de 15 ans, une dot de 5 à 6 cents francs. La philanthropie bourgeoise qui a inventé la

---

(1) *Mémoire sur les moyens de suppléer à la traite des nègres par des individus libres, d'une manière qui garantisse pour l'avenir la sûreté des colons et la dépendance des colonies*, par Genty, in-8, janvier 1818. Blois, imprimerie Verdier.

prison cellulaire, le travail forcé des femmes et des enfants dans les ateliers, qui valse et minaude dans les bals de charité pour apaiser la faim des affamés, devrait reprendre le projet du général Hugo et en faire le complément de la loi des récidivistes (1).

IV

La révolution de 1830 désarçonne Victor Hugo, mais ne l'empêche pas de continuer, comme par le passé, à toucher ses trois mille francs de pension si honorablement gagnés. La préface des *Feuilles d'Automne*, publiée en 1831, le montre hésitant, il avait noué des relations avec de jeunes et ardents républicains qui, pour l'attirer, le flattaient : ainsi la *Biographie des contemporains* de Rabbe, dit que « Hugo avait chanté les trois jours dans les

(1) Monsieur Belton qui a fait des recherches sur la famille Hugo, a découvert que le vieux général écrivait et rimait en diable : A sa mort il a laissé une liste de manuscrits : *La Duchesse d'Alba*, *le Tambour Robin*, *l'Hermite du lac*, *l'Epée de Brennus*, *Perrine ou la Nouvelle Nina*, *l'Intrigue de cour*, comédie en trois actes, *la Permission*, *Joseph ou l'Enfant trouvé*, etc., ces ouvrages sont perdus ou égarés.

Bien que Victor Hugo ne mentionne jamais les productions poétiques et romantiques de son père, il les admirait beaucoup. Dans une lettre adressée au général, et citée par M. Belton, il parle d'une pièce qui l'a « pénétré jusqu'au fond de l'âme », dans une autre, il mentionne un poème, *Lucifer* qui l'a « transporté ». Si l'on ne connaissait sa piété filiale, on s'étonnerait qu'il ne se soit jamais occupé de sauver de l'oubli les œuvres « remarquables » de son père, lui qui a recueilli et si précieusement conservé ses moindres excréments littéraires, que pour leur péché d'hugolatrie, Messieurs Vacquerie, Meurice et Lefebvre sont condamnés à publier, sinon à lire.

plus beaux vers qu'ils avaient inspirés ». Mais les doctrines républicaines, qui ne savaient se donner du poids par des gratifications, pénétraient difficilement dans son cerveau : il n'eut pas besoin, comme le Marius des *Misérables*, de monter sur les barricades et d'y recevoir des blessures pour se guérir de son néo-républicanisme. Dès qu'il comprend que le trône de Louis-Philippe est affermi, il déclare « il nous faut la chose *république* et le mot *monarchie* »(1). Cette phrase qui paraîtra un plagiat du mot historique de Béranger, est une profession de foi : elle voulait dire, qu'il allait accepter les grâces et faveurs de la monarchie, tout en restant républicain dans son for intérieur. Sous Louis XVIII et Charles X, il adorait Napoléon dans son cœur, et l'insultait dans les vers publiés, pour plaire à ses patrons légitimistes. Le républicain flatta Louis-Philippe pour obtenir la pairie, comme le napoléonien adula les Bourbons pour arracher des pensions.

Le 24 juillet 1842, il eut le courage de jeter à la face de Louis-Philippe des phrases de ce calibre : « Sire, vous êtes le gardien auguste et infatigable de la nationalité et de la civilisation... Votre sang est le sang du pays, votre famille et la France ont le même cœur... Sire, vous vivrez longtemps encore, car Dieu et la France ont besoin de vous ». Victor Hugo a toujours été cosmopolite : il unissait tous les rois d'Europe dans son adulation. Plus tard, après 1848, il parlera des Etats-Unis d'Eu-

(1) Victor Hugo. *Philosophie et littérature mêlées*. 1834
Journal d'un révolutionnaire de 1830.

rope. Mais auparavant il avait « béni l'avènement de la reine Victoria » et célébré le
Czar Nicolas « le noble et pieux empereur » (1).
En 1846, il priait le baron de Humboldt de remettre un
de ses discours académiques « à son auguste roi,
pour lequel, vous connaissez ma sympathie et mon
admiration ». Cette majesté si admirée était Guil-
laume IV, roi de Prusse et frère de l'empereur
d'Allemagne, couronné à Versailles (2). L'histoire
ne raconte pas si le poète reçut des gratifications des
Majestés-Unies d'Europe.

Enfin arrive le grand jour : Hugo reconquérant la
liberté de sa pensée, ne sera plus obligé de flatter
les rois en public et de chérir la république dans
son for intérieur. La révolution de 1848 chasse
« l'auguste gardien de la civilisation » et juche au
pouvoir les républicains du *National*. Un instant
on croit la régence possible, Victor Hugo s'empresse
de la demander, place des Vosges ; on proclame la
république, Victor Hugo, sans perdre une minute,
se métamorphose en républicain. Les personnes qui
s'arrêtent aux apparences, l'accuseront d'avoir va-
rié, parce que tour-à-tour il fut bonapartiste, légitimiste, orléaniste, républicain ; mais une étude un
peu attentive montre au contraire que sous tous ces

(1) Victor Hugo. *Le Rhin*. Tom. III. 288, 331.
(2) Ces détails biographiques, que par une modestie déplacée,
Victor Hugo supprima dans l'autobiographie, qu'il dicta à sa
femme, ont été rétablis dans l'étude si érudite et si spirituel-
lement écrite de M. Ed. Biré, *Victor Hugo avant* 1830.
J. Gervais, édit. 1883. On ne saurait trop en recommander la
lecture aux Hugolâtres qui désirent connaître intimement leur
héros.

régimes, il n'a jamais modifié sa conduite, que toujours, sans se laisser détourner par les avènements et les renversements de gouvernement, il poursuivit un seul objet, son intérêt personnel, que toujours il resta *hugoïste*, ce qui est pire qu'égoïste, disait cet impitoyable railleur de Heine, que Victor Hugo, incapable d'apprécier le génie, ne put jamais sentir.

Est-ce la faute à ce pauvre homme, si pour faire fortune, le but sérieux de la vie bourgeoise, il dut mettre à son chapeau toutes ces cocardes ? Si faute il y a, qu'elle retombe sur la bourgeoisie qui acclama et renversa successivement tous ces gouvernements. Hugo pâtit de ces variations politiques : jusqu'en 1830, il dut étouffer son ardente admiration pour Napoléon ; et jusqu'en 1848, il dut ensevelir son républicanisme sous des flatteries au roi, comme Harmodius cachait son poignard tyrannicide sous des fleurs.

Ils comprennent bien mal Hugo, ceux qui voient en lui un homme voué à la réalisation d'une idée : à ce compte sa vie serait un tissu de contradictions irréductibles. Il laissa ce rôle aux idéologues, aux hurluberlus qui rêvent leur vie; il se contenta d'être un homme raisonnable, ne s'inquiétant, ni de l'effigie de ses pièces de cent sous, ni de la forme du gouvernement qui maintient l'ordre dans la rue, fait marcher le commerce, et donne des pensions et des places. Dans son autobiographie il déclare explicitement que « la forme du gouvernement lui semblait la question secondaire ». Dans la préface des *Voix intérieures* de 1837, il avait pris pour devise : « Être de tous les partis par leurs côtés généreux,

1**

(c'est-à-dire qui rapportent); n'être d'aucun par
leurs mauvais côtés (c'est-à-dire qui occasionnent
des pertes) ».

Hugo a été un ami de l'ordre : il n'a jamais cons-
piré contre aucun gouvernement, celui de Napoléon III excepté, il les a tous acceptés et soutenus de
sa plume et de sa parole et ne les a abandonnés que
le lendemain de leur chûte. Sa conduite est celle de
tout commerçant, sachant son métier : une maison
ne prospère, que si son maître sacrifie ses préfé-
rences politiques et accepte le fait accompli. Les
Dollfus, les Kœchlin, les Scheurer-Kestner, ces républicains modèles de Mulhouse, la cité libre jusqu'en 1793, ne se sont-ils pas accommodés à tous
les régimes qui, depuis près d'un siècle, se sont succédés en Alsace; n'ont-ils pas reçu des subventions
de l'empire et ne lui ont-ils pas réclamé des fran-
chises douanières pour leur industrie et des mesures
répressives contre leurs ouvriers ? Les affaires
d'abord, la politique ensuite.

De 1848 à 1885, Hugo se comporte en « républicain honnête et modéré » et l'on peut défier ses adversaires de découvrir pendant ces longues années,
un seul jour de défaillance.

En 1848, les conservateurs et les réactionnaires
les plus compromis se prononcèrent pour la république que l'on venait de proclamer : Victor Hugo
n'hésita pas une minute à suivre leur noble exemple.
« Je suis prêt, dit-il, dans sa profession de foi
aux électeurs, à dévouer ma vie pour établir la République qui multipliera les chemins de fer... décu-
plera la valeur du sol... dissoudra l'émeute... fera

de l'ordre, la loi des citoyens... grandira la France, conquerra le monde, sera en un mot le majestueux embrassement du genre humain sous le regard de Dieu satisfait. » Cette république est la bonne, la vraie, la république des affaires, qui présente « les côtés généreux » de sa devise de 1837.

— Je suis prêt continua-t-il, à dévouer ma vie pour « empêcher l'établissement de la république qui abattra le drapeau tricolore sous le drapeau rouge fera des gros sous avec la colonne, jettera à bas la statue de Napoléon et dressera la statut de Marat, détruira l'Institut, l'Ecole Polytechnique et la Légion d'honneur ; ajoutera à l'illustre devise : *Liberté, Egalité, Fraternité*, l'option sinistre : *ou la mort :* fera banqueroute, ruinera les riches sans enrichir les pauvres, anéantira le crédit qui est la fortune de tous et le travail qui est le pain de chacun, abolira la propriété et la famille, promènera des têtes sur des piques, remplira les prisons par le soupçon et les videra par le massacre, mettra l'Europe en feu et la civilisation en cendres, fera de la France la patrie des ténèbres, égorgera la liberté, étouffera les arts, décapitera la pensée, niera Dieu. » Cette république est la république sociale.

Victor Hugo a loyalement tenu parole. Il était de ceux qui fermaient les ateliers nationaux, qui jetaient les ouvriers dans la rue, pour noyer dans le sang les idées sociales, qui mitraillaient et déportaient les insurgés de juin, qui votaient les poursuites contre les députés soupçonnés de socialisme, qui soutenaient le prince Napoléon, qui voulaient un pouvoir fort pour contenir les masses, terroriser les socialistes, rassurer les bourgeois et protéger la famille, la religion, la propriété menacées par les communistes, ces barbares de la civilisation. Avec un courage héroïque, qu'aucune pitié pour les vaincus, qu'aucun sentiment pour la justice de leur cause n'ébranlèrent, Victor Hugo, digne fils du Brutus Hugo de 1793, vota avec la majorité, maîtresse de la force. Ses votes glorieux et ses paroles éloquentes sont bien connus ; ils sont recueillis dans les annales de la réaction qui accoucha de l'empire ; mais on ignore la conduite, non moins admirable de son journal, l'*Evénement* fondé le 30 juillet 1848, avec le concours de Vacquerie, de Théophile Gautier, et de ses fils; elle mérite d'être signalée.

L'*Evénement* prenait cette devise, qui, après juin, était de saison : « Haine à l'anarchie — tendre et profond amour du peuple. » Et pour qu'on ne se méprît pas sur le sens de la deuxième sentence, le numéro spécimen disait que *L'Événement* « vient parler au pauvre des droits du riche, à chacun de ses devoirs. » Le numéro du premier novembre annonçait « qu'il est bon que le *National* qui s'adresse à l'aristocratie de la République se donne pour 15 centimes, que l'*Evénement* qui veut parler au pauvre se vende pour un sou. » Le poète commençait à comprendre que dans les petites bourses des pauvres, se trouvaient de meilleures rentes que dans les fonds secrets des gouvernements et les coffre-forts des riches.

Suivant l'exemple donné par les Thiers de la rue de Poitiers, car Victor Hugo imita toujours quelqu'un, l'*Evénement* endoctrine le peuple, répand dans les masses ouvrières les saines et consolantes théories de l'économie politique, réfute Proudhon, combat « le langage des flatteurs du peuple, qui le calomnient. Le peuple écoute ceux qui l'entretiennent des principes et des devoirs plus volontiers que ceux qui lui parlent de ses intérêts et de ses droits. » (Numéro du 1er novembre). Il se fait l'apôtre du libéralisme, cette religion bourgeoise qui amuse le peuple avec des principes, lui inculque des devoirs, et le détourne de ses intérêts et de ses droits ; qui lui fait abandonner la proie pour l'ombre.

Après l'insurrection de juin, il ne restait, selon Hugo, qu'un moyen de sauver la République : — la livrer à ses ennemis. Thiers pensait ainsi après la Commune. La *Réforme* incapable de s'élever jusqu'à l'intelligence de cette machiavélique tactique, se plaignait de ce que « les républicains sont mis à l'index. On les fuit, on les renie, tandis qu'il n'y a pas de légitimistes ou d'orléanistes, si décriés, dont on n'épaule l'ignorance et qu'on n'essaie de réhabiliter à tout prix. » L'*Evénement* lui rive son clou avec cette frappante réplique : « Si les républicains sont à ce point suspects, n'est-ce pas la faute des républicains ?... Le christianisme n'a été réellement puissant que lorsque les prêtres en ont perdu la direction. » (Numéro du 1er août). Et pour protéger la République contre les républicains le journal de Victor Hugo entre en campagne contre Caussidière parce qu'il n'est pas « la tête, mais la main » ; contre Louis Blanc, parce que « son crime, ce sont ses idées ; ses livres, ses discours ; ses complices, ce

1***

sont ses trois cent mille auditeurs! » (Numéro du
27 août) ; contre Proudhon parce qu'il est « un petit
homme à figure commune ; un misérable avocat du
peuple ; » contre Ledru-Rollin parce que « ses circu-
laires ont plongé la civilisation dans une guerre civile de quatre jours. Depuis le 24 février jusqu'au
24 juin M. Ledru-Rollin a été un de ceux qui ont le
plus contribué à frayer la route à l'abîme. » (Numéro
du 6 août).

Mais c'est en poursuivant de ses injures, de ses colères et de ses dénonciations les vaincus de juin, que
l'*Evénement* donne la mesure de son profond amour
pour la République. Ecoutez, c'est l'auteur des *Châtiments* qui parle : « Hier, au sortir de la plus dou-
loureuse corruption, ce qui se déchaîna, ce fut la
cupidité ; ceux qui avaient été les pauvres n'eurent
qu'une idée, dépouiller les riches. On ne demanda
plus la vie, on demanda la bourse. La propriété fut
traitée de vol ; l'Etat fut sommé de nourrir à grands
frais la fainéantise ; le premier soin des gouver-
nants fut de distribuer, non le pouvoir du roi, mais
les millions de la liste civile, et de parler au peuple
non de l'intelligence et de la pensée mais de la nour-
riture et du ventre... Oui, nous sommes arrivés à
ce point que tous les honnêtes gens, le cœur navré
et le front pâle, en sont réduits à admettre les conseils de guerre en permanence, les transportations
lointaines, les clubs fermés, les journaux suspendus
et la mise en accusation des représentants du peuple. » (Numéro du 28 août).

La dure nécessité qui navrait le cœur des honnêtes
gens et l'endurcissait pour la répression impitoyable,

obligeait Hugo à mentir impudemment.

Le 28 août 1848, Victor Hugo, pour exciter les conseils de guerre à condamner sans pitié, dénonce les vaincus comme des « pauvres qui n'eurent qu'une idée : dépouiller les riches. » Deux mois auparavant, les pillards de juin avaient envahi sa maison. Ils savaient qu'il était « un des soixante représentants envoyés par la Constituante pour réprimer l'insurrection et diriger les colonnes d'attaques. » Ils fouillèrent les appartements pour chercher des armes ; ils virent pendu au mur « un yatagan turc, dont la poignée et le fourreau étaient en argent massif.... rangés sur une table, des bijoux, des cachets précieux en or et en argent... quand ils furent partis, on constata... que ces mains noires de poudre n'avaient touché à rien. Pas un objet précieux ne manquait. » Ce sont là les propres paroles de Victor Hugo, narrant le sac de sa maison par les pillards de juin. Mais pour raconter la scène, il attendit que les conseils de guerre eussent terminé leur œuvre de répression ; il était alors exilé.— Victor Hugo reste toujours le même, au milieu des circonstances les plus diverses : pendant la restauration légitimiste, il insulte Napoléon, qui l'enthousiasme, pendant la réaction bourgeoise, il calomnie les insurgés, dont il admire les actes de délicate probité.

Une étrange fatalité pesa sur Victor Hugo ; toute sa vie, il fut condamné à dire et à écrire le contraire de ce qu'il pensait et ressentait.

En exil, pour plaire à son entourage, il pérora sur la liberté de la presse, de la parole et bien d'autres

libertés encore ; cependant il ne détestait rien plus
que cette liberté, qui permet « aux démagogues for-
cenés, de semer dans l'âme du peuple des rêves
insensés, des théories perfides... et des idées de révolte. » (*Evénement du 3 novembre*). L'insurrection
abattue, la Chambre vota le cautionnement qui commandait « silence aux pauvres ! » selon l'expression
de Lamennais. L'*Evénement* s'empressa, ainsi que
les *Débats*, le *Constitutionnel* et le *Siècle* d'approu-
ver cette « mesure si favorable à la presse sérieuse.
Nous la considérons... comme nécessaire... la Société avait une liberté gangrenée ; le cautionnement
ce chirurgien redouté vient d'opérer le corps social.»
(Numéro du 11 août). Le libertaire Hugo n'était pas
homme à hésiter devant l'amputation de toute liberté
qui inquiète la classe possédante et trouble les cours
de la bourse.

Victor Hugo commit alors la grande bévue de sa
vie politique : il prit le prince Napoléon pour un
imbécile, dont il espérait faire un marchepied. D'ail-
leurs c'était l'opinion générale des politiciens sur
celui que Rochefort devait surnommer le Perroquet
mélancolique : car même dans l'erreur, Hugo ne
fut pas original, en se trompant il imitait quelqu'un.
Il était si absorbé par le désir de se caser dans un
ministère bonapartiste, qu'il ne s'aperçut pas que
les Morny, les Persigny et les autres Cassagnac de
la bande avaient accaparé l'imbécile et qu'ils enten-
daient s'en réserver l'exploitation. Ces messieurs,
avec un sans-gêne qui l'étonna et le choqua grande-
ment, l'envoyèrent potiner dans sa petite succursale
de la rue de Poitiers et escamotèrent à son nez et à

sa barbe le ministère si ardemment convoité. Au
lieu d'embourser son mécompte et de contenir son
indignation comme s'était son habitude, il s'oublia
et se jeta impétueusement dans l'opposition. Les
républicains de la Chambre, manquant d'hommes,
l'accueillirent malgré son passé compromettant et le
sacrèrent chef. Grisé il rêva la présidence.

Le coup d'Etat qui surprit au lit les chefs républicains, dérangea ses plans, il dut suivre en exil ses
partisans, puisqu'ils l'avaient promu chef. Les che-
napans qui, à l'improviste, s'étaient emparés du
gouvernement, étaient si tarés, leur pouvoir semblait si précaire, que les bourgeois républicains ba-
layés de France, ne crurent pas à la durée de l'Empire. Durant des semaines et des mois, tous les
matins, tremblants d'émotion, ils dépliaient leur
journal pour y lire la chute du gouvernement de
décembre et leur rappel triomphal; ils tenaient leurs
malles bouclées pour le voyage. Ces républicains
bourgeois qui avaient massacré et déporté en masse
les ouvriers, assez naïfs, pour réclamer à l'échéance
les réformes sociales qui devaient acquitter les trois
mois de misère, mis au service de la République,
ne comprenaient pas que le Deux Décembre était la
conséquence logique des journées de juin. Ils ne
s'apercevaient pas encore que lorsqu'ils avaient cru
ne mitrailler que des communistes et des ouvriers,
ils avaient tué les plus énergiques défenseurs de
leur République. Victor Hugo, qui était incapable
de débrouiller une situation politique, partagea leur
aveuglement; il injuria en prose et en vers le peuple
parce qu'il ne renversait pas à l'instant l'Empire

que lui et ses amis avaient fondé et consolidé dans le sang populaire.

Jeté à bas de ses rêves ambitieux et enfiévré par l'attente incessante de la chute immédiate de Napoléon III, Hugo pour la première et l'unique fois de sa vie lâche la bride aux passions turbulentes qui angoissaient son cœur. Déçu dans ses ambitions personnelles, il s'attaque furibondement aux personnes, aux Rouher, aux Maupas, aux Troplong, qui culbutèrent ses projets : il les prend à bras le corps, les couvre de crachats, les mord, les frappe, les terrasse, les piétine avec une fureur épileptique. Le poète est sincère dans les *Châtiments* : il est là tout entier avec sa vanité blessée, son ambition trompée, sa colère jalouse et son envie rageuse. Ses vers que les amplifications oiseuses et des comparaisons étourdissantes rendent d'ordinaire si froids, s'animent et vibrent de passion. On y dégage, sous des charretées de fatras romantique, des vers acérés comme des poignards et brûlants comme des fers rouges ; des vers que répètera l'histoire. *Les Châtiments*, l'ouvrage le plus populaire de Victor Hugo, apprit à la jeunesse de l'Empire la haine et le mépris des hommes de l'Empire.

Il est des hugolâtres de bonne compagnie, monarchistes, voire même républicains, qui s'effarent aux engueulades des *Châtiments :* ils n'en parlent jamais ou si parfois ils les mentionnent, c'est avec des précautions oratoires et des réticences infinies. Leur pudibonderie les empêche de reconnaître les services que ce pamphlet enragé rendit et rend encore aux conservateurs de toute provenance. Hugo agonise d'insultes les Canrobert et les Saint-Arnaud de la troupe bonapartiste de décembre ; mais il ne décoche pas un seul vers aux Cavaignac, aux Bréa et aux Clément Thomas de la bande bourgeoise de juin. Massacrer les socialistes en blouse, lui semble dans l'ordre des choses , mais charger sur le boulevard Montmartre, emporter d'assaut la maison Sallandrouze, canarder quelques bourgeois en frac et chapeau gibus ! Oh ! le plus abominable des crimes ! *Les Châtiments* ignorent Juin et ne dénoncent que Décembre : en concentrant les haines sur Décembre ; ils jettent l'oubli sur Juin.

Dans sa préface du *18 Brumaire*, Karl Marx dit à propos de *Napoléon le Petit* : « Victor Hugo se borne à des invectives amères et spirituelles contre l'éditeur responsable du coup d'Etat. Dans son livre l'événement semble n'être qu'un coup de foudre dans un ciel serein, que l'acte de violence d'un seul individu. Il ne remarque pas qu'il grandit cet individu, au lieu de le rapetisser, en lui attribuant une force d'initiative propre, telle qu'elle serait sans exemple dans l'histoire du monde. » Mais en magnifiant, sans s'en douter, Napoléon le Petit en Napoléon le Grand, en empilant sur sa tête les crimes de la classe bourgeoise, Hugo disculpe les républicains bourgeois qui préparèrent l'empire et innocente les institutions sociales qui créent l'antagonisme des classes, fomentent la guerre civile, nécessitent les coups de force contre les socialistes et permettent les coups d'Etat contre la bourgeoisie parlementaire. En accumulant les colères sur les individus, sur Napoléon et ses acolytes, il détourne l'attention populaire de la recherche des causes de la misère sociale, qui sont l'accaparement des richesses sociales par la classe capitaliste ; il détourne l'action populaire de son but révolutionnaire, qui est l'expropriation de la classe capitaliste et la socialisation des moyens de production. — Peu de livres ont été plus utiles à la classe possédante que *Napoléon le Petit* et *Les Châtiments*.

D'autres hugolâtres, panégyristes maladroits, prenant au sérieux les déclarations de dévouement et de désintéressement du poète, le représentent comme un héros d'abnégation ; — ils le dépouillent de son prestige bourgeois, par simplicité. A les entendre, ce serait un de ces maniaques dangereux, entichés d'idées sociales et politiques, au point de leur sacrifier les intérêts matériels ; ils voudraient l'assimiler à ces Blanqui, à ces Garibaldi, à ces Varlin, à ces fous qui n'avaient qu'un but dans la vie, la réalisation de leur idéal. — Non, Victor Hugo n'a jamais été assez bête pour mettre au service de la propagande républicaine, même quelques milliers de francs de ses millions ; — s'il avait sacrifié n'importe quoi pour ses idées, un cortège de bourgeois, aussi nombreux, ne l'aurait pas accompagné au Panthéon ; M. Jules Ferry lui souhaitant sa fête, deux ans avant sa mort, ne l'aurait pas salué du nom de Maître. Si Victor Hugo avait fait de cette politique de casse-cou, il serait sorti de la tradition bourgeoise. Car la caractéristique de l'évolution politique dans les pays civilisés, est de débarrasser la politique des dangers qu'elle présentait et des sacrifices qu'elle exigeait autrefois.

En France, en Angleterre, aux Etats-Unis les ministres au pouvoir et les élus à la Chambre et aux Conseils municipaux, ne se ruinent plus, mais s'enrichissent : dans ces pays on ne condamne plus des ministres pour tripotages boursicotiers, malversations financières et abus de pouvoir. La responsabilité parlementaire couvre leurs fautes et les protège contre toute poursuite. La France républicaine a donné un mémorable exemple de cette politique raisonnable et agréable le jour qu'elle éleva au rang de sénateurs MM. Broglie et Buffet pour les consoler d'avoir échoué dans leur ..... du coup d'Etat monarchis.... La politique parlementaire est une carrière ...... n'offre aucun des risques pécuniers du commerce et de l'industrie ; un petit capital d'établissement, une bonne provision de bagout, un brin de chance et beaucoup d'entregent y assurent le succès. Hugo ne connaissait que cette politique positive. Dès qu'il se convainquit que l'existence de l'empire était assurée pour un long temps, il éteignit ses foudres justiciardes et concentra toute son activité à son commerce d'adjectifs et de phrases rimées et rythmées.

Il avait dans son aveugle emportement lancé des déclarations si catégoriques, et pour son malheur elles eurent un retentissement si considérable ; il avait marqué les hommes du coup d'Etat de vers si cuisants, qu'il était impossible de les faire oublier ; il lui fallut rester républicain et renoncer à la politique ; il jugea qu'il valait mieux accepter bravement le rôle de martyr de la République, de victime du Devoir. Le rôle séduisait sa vanité. S'il n'était pas né dans une île, ainsi que Napoléon, il allait vivre exilé dans une île ainsi que lui. Imiter Napoléon, devenir le Napoléon des lettres, berça l'ambition de toute sa vie.

Les proscrits coudoient toutes les misères, disait le grand Florentin ; mais Hugo avait plus d'intelligence que Dante. Avec un art que n'égala jamais Barnum, il fit de l'exil la plus retentissante des réclames. L'exil était l'enseigne criarde et aveuglante accrochée à sa boutique de librairie de Haute-Ville House. Les rois ne l'avaient pensionné que d'une somme de 3,000 francs; sa clientèle bourgeoise lui valait cinquante mille francs par an. Il n'avait pas perdu au change. Il trouva que l'Empire avait du bon : « Napoléon a fait ma fortune », avouait-il dans un de ces rares moments, où il déposait sa couronne d'épines. Comment la bourgeoisie bourgeoisante ne s'extasierait-elle pas devant cet homme, qui avait su rendre l'exil si doux et si profitable? — Les génies que l'on renomme ne savent trouver que douleurs dans l'exil, les commerçants qui s'expatrient au Sénégal, aux Indes, ces pays de fièvres et d'hépatites, après des dix et vingt ans d'exil ne parviennent à amasser qu'une pelote de quelques centaines de mille francs, s'ils ont en poupe le vent de la chance ; et lui Victor Hugo, le Prométhée moderne, vit dans une île délicieuse, où les médecins envoient leurs invalides, il s'entoure d'une cour d'adulateurs empressés, qui le font mousser, il voyage tranquillement en Europe, il thésaurise des millions et il obtient la palme du martyre !...

Les amis et les adversaires de Victor Hugo, ont accrédité des jugements téméraires portés sur lui par la crainte et l'admiration : dans l'intérêt de sa gloire il est nécessaire de les réviser.

La phraséologie fulgurante du Hugo des trente-cinq dernières années donne la chair de poule aux trembleurs qu'épouvantent les mots ; aux Prudhommes, pour qui tout saltimbanque, jonglant avec les vocables Liberté, Egalité, Fraternité, Humanité, Cosmopolitisme, Etats-Unis d'Europe, Révolution et autres balançoires du libéralisme, est un révolutionnaire, un socialiste bon à coffrer, sinon à fusiller. Mais Hugo, et c'est là son plus sérieux titre à la gloire, sut mettre en contradiction si flagrante ses *actes* et ses *paroles*, qu'il ne s'est pas encore rencontré en Europe et en Amérique un politicien pour démontrer d'une manière plus éclatante la parfaite innocuité des truculentes expressions du libéralisme.

Ainsi que l'on se nourrit de pain et de viande, Hugo se repait d'Humanité et de Fraternité. — Le 14 août 1848, huit jours après le départ du premier convoi, qui transportait 581 insurgés, il fonda à côté de la Réunion de la rue de Poitiers la *Réunion de la Fraternité*. La peur de perdre leur cher argent, que les Pereire et les Mirès de la finance impériale, devaient confisquer si allègrement, avait enragé les petits bourgeois de 1848. La presse honnête et modérée racontait sur les insurgés des histoires épouvantables : — Maisons pillées, mobiles sciés entre deux planches, crânes qu'on emplissait de vin

et qu'on vidait en chantant des obscénités... Hugo
savait que si les insurgés envahissaient les maisons,
ils ne les pillaient pas ; il les avait vus se battre en
héros. La simple humanité lui commandait de protes-
ter contre ces idiotes calomnies et d'essayer d'apaiser
ces bourgeois apeurés, réclamant une impitoyable
répression. Mais la Fraternité hugoïste n'était pas
de composition si humaine, elle n'entendait pas suspendre l'action des conseils de guerre, « mais tem-
pérer l'œil du juge par les pleurs du frère... et tâcher
de faire sentir jusque dans la punition la fraternité
de l'assemblée. » (*Evénement*, nº 14). — Et dans
presque tous les numéros, l'*Evénement* continuait
à exciter les colères et les peurs contre les vaincus (1).

La liberté était, un des Pégases, qu'enfourchait
Hugo. Mais il faut être par trois fois Prudhomme
pour ne pas s'apercevoir que le Pégase hugoïste
était trop gonflé de vent pour prendre le mors aux
dents et lancer des pétarades. La fougueuse liberté
de Hugo était un humble bidet, qu'il remisait dans
l'écurie de tous les gouvernements. Depuis l'immor-
telle révolution de 1789, Liberté, Liberté ché-ri-e, est
le refrain à la mode. Tous les politiciens depuis
Polignac jusqu'à Napoléon le Petit l'ont répété sur

(1) Cette fraternité pleurarde de crocodile reprocha à un
poète qui ne se dégrada jamais jusqu'à pincer de la guitare
philanthropique, à Alfred de Musset, d'avoir envoyé « aux victimes de juin » un prix de 1.300 francs que venait de lui
accorder l'Académie. L'*Evénement* du 23 août commentait ainsi
l'acte : « qu'il nous soit permis de faire observer à M. de
Musset que sa détermination ne remplit nullement le but du
legs fait par M. le comte de Latour-Landry. C'était à un poète
peu favorisé de la fortune et non à une œuvre patriotique que
le don devait appartenir ».

tous les tons. Hugo le chantait à plein gosier quand il approuvait le cautionnement qui amputait du corps social la « liberté gangrenée » de la presse.

Hugo planta dans ses vers la rouge cocarde de l'Egalité. Mais il y a égalité et égalité comme poètes et poètes ; il en existe autant que de morales. Toute classe, tout corps social fabrique à l'usage de ses membres une morale spéciale. La morale du commerçant, l'autorise à vendre sa marchandise dix et vingt fois au dessus de sa valeur, s'il le peut ; celle du juge d'instruction l'incite à user de la ruse et du mensonge pour forcer le prévenu à s'accuser ; celle de l'agent de mœurs l'oblige à faire violer médicalement les femmes qu'il soupçonne de travailler avec leur sexe ; celle du rentier le dispense d'obéir au commandement biblique : — « Tu gagneras ton pain à la sueur de ton front... » La mort établit à sa façon une égalité ; la grosse et la petite vérole en créent d'autres ; les inégalités sociales ont mis au monde deux égalités de belle venue : l'égalité du ciel, qui pour les chrétiens compense les inégalités de la société et l'égalité civile, cette très sublime conquête de la Révolution sert aux mêmes usages. Cette égalité civile, qui conserve aux Rothschild leurs millions et leurs parcs, et aux pauvres leurs haillons et leurs poux, est la seule égalité que connaisse Hugo. Il aimait trop ses rentes et les antithèses pour désirer l'égalité des biens qui du coup lui eut enlevé ses millions et dérobé les plus faciles et les plus brillants contrastes de sa poétique.

Bien au contraire, l'*Evénement* du 9 septembre 1848 prenait la défense du « luxe que calomniait la

fausse philantropie. de nos jours » et démontrait
triomphalement la nécessité de la misère pour arriver à l'équilibre social. — « L'opulence oisive est la
meilleure amie de l'indigence laborieuse, développe
le journal hugoïste. Qui est-ce qui fournit à la richesse ce ruineux superflu, cette recherche, ce colifi-
chet dont se compose la mode et le plaisir ? Le travail, l'industrie, l'art, c'est-à-dire la pauvreté. Le
luxe est la plus certaine des aumônes c'est une au
mône involontaire. Les caprices du riche sont les
meilleurs revenus du pauvre. Plus le salon aura de
plaisir, plus l'atelier aura de bien-être. Mystérieuses
balances qui mesurent les plus lourdes nécessités
d'une partie de la société aux plus légères frivolités
de l'autre ! Equilibre étrange qui s'établit entre les
fantaisies d'en haut, et les besoins d'en bas ! Plus il
y a de fleurs et de dentelles dans le plateau qui mon-
te, plus il y a de pain dans le plateau qui descend ! »
— Le gaspillage le plus inutile et le plus ridicule devient une des voies mystérieuses de la divine provi-
dence pour créer l'harmonie sociale, basée sur la misère besogneuse et la richesse oisive. Jamais le luxe
n'a été plus magnifiquement glorifié. Lorsque l'*Evénement*, l'organe de la Fraternité hugoïste, publia
son apologie du luxe, deux mois à peine s'étaient
écoulés depuis l'insurrection de juin, ce « protêt de
la misère » et lé sang de la guerre civile rougissait
encore le pavé des rues.

Les mots dont Hugo enrichit son vocabulaire
après 1848, lui portèrent tort dans l'esprit des Prud'-
hommes : ils les ahurissaient au point de leur faire
prendre des vessies pour des lanternes et l'écrivain

pour un socialiste, pour un partageux. Victor Hugo partageux ! — Mais plutôt que de partager quoi que ce soit avec qui que ce soit, il aurait immolé de sa main tous ses exécuteurs testamentaires et tout le premier son cher, son bien-aimé Vacquerie, qui ne pouvant se tuer sur son catafalque ainsi que les serviteurs sur les bûchers des héros antiques voulut être enseveli en effigie dans le tombeau du maître. Le poète était digne d'un tel sacrifice : Hugo fut en effet un héros de la phrase.

La révolution de 1848 lança dans la langue honnête et modérée un peuple nouveau de mots ; depuis la réaction littéraire commencée sous le consulat, ils dormaient dans les discours, les pamphlets, les journaux et les proclamations de la grande époque révolutionnaire et ne s'aventuraient en plein jour que timidement, dans le langage populaire. Les bravaches du romantisme, les Janin, les Gauthier, reculèrent épouvantés ; mais Hugo ne cligna pas de l'œil, il empoigna les substantifs et les adjectifs horrifiants, qui envahissaient la langue écrite dans les journaux et parlée à la tribune des assemblées populaires ; et prestidigitateur merveilleux il jongla à étourdir les badauds, avec les immortels principes de 1789 et les mots teints encore du sang des nobles et des prêtres. Il ouvrit alors au romantisme une carrière qu'il fut seul à parcourir ; ses compagnons littéraires de 1832, plus timides que les bourgeois dont ils s'étaient moqués, n'osèrent pas suivre celui qu'ils appelaient leur maître.

Victor Hugo, lui-même, semble avoir été intimidé par les expressions révolutionnaires qu'il maniait et dont il ne comprenait pas exactement le sens. Il voulut s'assurer de n'avoir commis, par erreur, même en pensée, de péché socialiste ; il fit son examen de conscience dans son autobiographie et il se convainquit que lui qui avait écrit sur les pauvres gens, la misère, et autres sujets de compositions rhétoriciennes, des tirades à paver le Palais-Bourbon, il n'avait demandé qu'une seule réforme sociale, l'abolition de la peine de mort « la première de toutes, — peut-être » (1). Et encore il pouvait se dire qu'il n'avait fait que suivre l'exemple de tous les apôtres de l'humanitairie, depuis Guizot jusqu'à Louis-Philippe ; et que tout d'abord il n'avait envisagé la peine de mort qu'à un point de vue littéraire et fantaisiste, comme un excellent thème à déclamation verbeuse, à ajouter aux « croix de ma mère » — « la voix du sang » et autres trucs du romantisme qui commençaient à s'user et à perdre leur action sur le gros public.

Un socialisme qui se limite à cette réforme sociale pratique : l'abolition de la peine de mort, n'est de nature qu'à inquiéter les bourreaux, dont il menace les droits acquis. Et cela ne doit pas étonner, si lors de la publication de la « bible socialiste » de Hugo, *les Misérables*, il ne se soit trouvé que Lamartine vieilli pour se scandaliser, que, trente ans après Eugène Sue, « le seul homme, qui selon Th. de Banville avait quelque chose à dire », osât s'apitoyer sur un homme envoyé aux galères pour le vol d'un pain et sur une pauvre fille se prostituant pour

(1) *Victor Hugo raconté*, etc, Tome II.

nourrir le bâtard du bourgeois qui l'a abandonnée enceinte. C'était en effet vieillot et enfantin. Mais là où Victor Hugo étale grossièrement son esprit bourgeois, c'est lorsqu'il personnifie ces deux institutions de toute société bourgeoise, la police et l'exploitation, dans deux types ridicules : Javert, la vertu faite mouchard et Jean Valjean, le galérien qui se réhabilite en amassant en quelques années une fortune sur le dos de ses ouvriers. La fortune lave toutes les taches et tient lieu de toutes les vertus. Hugo, ainsi que tout bourgeois, ne peut comprendre l'existence d'une société sans police et sans exploitation ouvrière.

L'adoration du Dieu-Propriété, c'est la religion de Victor Hugo. A ses yeux, la confiscation des biens de la famille d'Orléans est un des plus affreux crimes de Napoléon III. Et s'il avait été membre de l'assemblée de Versailles, il aurait, sur la proposition de M. Thiers, voté les 50 millions d'indemnité aux d'Orléans, par respect pour la propriété. Sa haine des socialistes, qu'il dénonça si férocement en 1848, est si intense, que dans sa classification des êtres, qui troublent la société, il place au dernier échelon Lacenaire, l'assassin, et immédiatement au dessus, Babœuf, le communiste. (1)

Des gens qui seraient de la plus atroce mauvaise foi, s'ils n'étaient des ignorants et des oublieux, ont prétendu que l'homme qui, en novembre 1848, écrivait que « l'insurrection de juin est criminelle et

(1) « Plus bas que Marat, plus bas que Babœuf, il y a la dernière sape et de cette cave sort Lacenaire. « *Les Misérables*. Tome VI, page 61-62, première édition.

2 *

sera condamnée par l'histoire, comme elle l'a été par la société....; si elle avait réussi, elle n'aurait pas consacré le travail, mais le pillage, » (*Evénement*, n° 94) que cet homme avait déserté la cause de la sacrée propriété et pris la défense de l'insurrection du 18 mars. Et cela parce qu'il avait ouvert sa maison de Bruxelles aux réfugiés de la Commune. Mais dans sa bruyante lettre, tout chez Hugo est réclame, et plus tard dans son *Année terrible*, n'a-t-il pas protesté avec indignation contre les actes de guerre de la Commune ; n'a-t-il pas injurié les Communards aussi violemment qu'autrefois les Bonapartistes, les stigmatisant avec les épithètes de fusilleurs d'enfants de quinze ans, de voleurs, d'assassins, d'incendiaires ? Mais les radicaux et le si hugolâtre Camille Pelletan, ont dû trouver que Victor Hugo les compromettait par son incontinence d'insultes et de calomnies contre les vaincus de la Semaine sanglante.

Qu'y avait-il donc de si extraordinaire dans l'acte de Victor Hugo, pour troubler ainsi les Pessard de la presse versaillaise. Est-ce que malgré les pressantes sollicitations de MM. Thiers et Favre, les ministres de la reine Victoria et du roi Amédée n'ont pas ouvert leurs pays, l'Angleterre et l'Espagne, à ces vaincus, qu'ils n'ont jamais insultés ainsi que Victor Hugo. Personne n'accusera ces hommes d'Etat de pactiser avec les socialistes et les ennemis de la propriété. En Suisse, en Belgique, en Angleterre, partout enfin, des bourgeois, tout ce qu'il y a de plus bourgeois, n'ont-ils pas ouvert leurs bourses, pour secourir les proscrits sans pain et sans travail, ce que n'a jamais fait Victor Hugo, l'ex-proscrit millionnaire ?

*
* *

Que les légitimistes, qui avaient nourri, choyé, prôné, décoré Victor Hugo, conservent pieusement une amère rancune contre le jeune Eliacin, qui les lâche dès que la révolution de 1830 leur arrache des mains la clef de la cassette aux pensions, rien de plus naturel. Qu'ils l'accusent de désertion, de trahison, rien de plus juste. Cependant, le pair de France de la monarchie orléaniste, qui faisait porter à sa mère le poids de son royalisme, eût pu expliquer son orléanisme par son amour de la morale et leur dire : « Moi, l'homme toujours fidèle au devoir j'ai dû obéir aux commandements d'une morale plus haute que la reconnaissance : j'ai obéi aux injonctions de la morale pratique : pas d'argent, pas de suisse, ni de poète. » Mais les anciens patrons de l'écrivain dépassent toute mesure, quand pour nuire à l'écoulement de sa marchandise parmi les gens pieux, ils le calomnient et l'appellent un impie. Rien de plus faux.

Victor Hugo eut le malheur de naître de parents impies, et d'être élevé au milieu des impies. Sa mère ne lui permit pas de manger du Bon Dieu (1), mais lui donna, en revanche, pour profes-

---

(1) La brigande Vendéenne était une Voltairienne décidée : A Madrid, elle plaça ses enfants au collège des nobles, mais « s'opposa énergiquement, malgré la résistance des prêtres directeurs, à ce qu'ils servissent la messe comme les autres élèves et défendit même qu'on fît confesser et communier ses enfants. » (*Victor Hugo rac.* Vol. I. 194).

seurs, des prêtres sceptiques, qui pendant la Révolution avaient jeté aux orties la soutane et le bréviaire. Et cependant une foi ardente s'éveille subitement dans son âme, le jour même que le trône et l'autel, l'un supportant l'autre, sont replacés sur leurs pieds. Il étrangle alors son voltairianisme et chante la religion catholique, ses pompes et ses pensions (2). Les légitimistes ne reconnaissent-ils pas là le signe certain d'une foi sincèrement opportuniste ? Ils se montrent exigeants à l'extrème, quand ils demandent que ce catholicisme d'occasion survive aux causes qui l'avaient engendré. Ils n'avaient qu'à rester les maîtres du pouvoir, pour que Hugo conservât jusqu'à sa quatre-vingt-troisième année, la foi au Dieu des prêtres : mais il dût se rendre à l'évidence et suspendre son culte pour ce Dieu qui cessait de révéler sa présence réelle par la distribution de pensions. C'est ainsi qu'un banquier coupe le crédit de son client ruiné, filant sur la Belgique.

La Révolution de 1830 remit à la mode Voltaire et la libre-pensée ; Victor Hugo, ce tourne-sol, que sa nature condamnait à tourner avec le soleil, déposa, comme une cuisinière son tablier, son légitimisme et son catholicisme de circonstance. Il avait de nouveaux maîtres à satisfaire. Il adora le *Dieu des bonnes gens* de Béranger et brûla Jéhovah, le Dieu farouche et sombre, qui cependant con-

(1) Dans une épître en vers de 1818, mais publiée en 1863, Hugo dit en parlant de lui-même : «... J'ai seize ans... Je lis *l'Esprit des lois* et j'admire Voltaire. » *Victor Hugo rac.* Tome. I. 308).

venait mieux à son cerveau romantique. Ce changement de Dieux prouve la sincérité de son déisme. Il lui fallait à tout prix un Dieu ; il en avait besoin pour son usage personnel, pour être un prophète, pour être un trépied (1).

Il s'éleva sans difficulté jusqu'au niveau de la grossière irréligion de ses lecteurs : car on ne lui demandait pas de sacrifier les effets de banale poésie que le romantisme tirait de l'idée de Dieu et de la Charité chrétienne, sur qui les libres-penseurs se déchargent du soin de soulager les misères que crée leur exploitation ; il put même continuer à faire l'éloge du prêtre et de la religieuse, ces gendarmes moraux que la bourgeoisie salarie pour compléter l'œuvre répressive du sergot et du soldat (2).

Victor Hugo est mort sans prêtres, ni prières; sans confession ni communion, les catholiques en sont scandalisés; mais les gens à bon Dieu, ne peuvent lui reprocher d'avoir jamais eu une pensée impie. Son gigantesque cerveau resta hermétiquement bouché à la critique démolisseuse des encyclo-

---

(1) « Le Poète est lui-même un trépied. Il est le trépied de Dieu. » *William Shakespeare*, par V. Hugo, p. 53.

(2) « Rien ne se pénètre, ne s'amalgame plus aisément qu'un vieux prêtre et un vieux soldat. Au fond c'est le même homme. L'un s'est dévoué pour la patrie d'en bas ; l'autre pour la patrie d'en haut ; pas d'autre différence. » (*Les Misérables*).

« Il n'y a pas d'œuvre plus sublime, peut-être, que celle que font ces âmes (les religieuses). Et nous ajoutons : il n'y a pas de travail plus utile. Il faut ceux qui prient pour ceux qui ne prient jamais. » (*Les Miserables*). Victor Hugo a eu l'heureuse chance d'être beaucoup acheté, ce à quoi il tenait surtout, et d'être peu lu, il le sera de moins en moins, autrement il y aurait beau jour que le *Siècle* et Léo Taxil auraient été forcés de le laisser pour compte aux catholiques.

pédistes et aux théories philosophiques de la science moderne. En 1831, un débat scientifique passionna l'Europe intellectuelle : Cuvier et Geoffroy Saint-Hilaire discutaient sur l'origine et la formation des êtres et des mondes. Le vieux Gœthe, que Hugo appelle dédaigneusement « le poète de l'indifférence », l'âme remplie d'un sublime enthousiasme, écoutait raisonner ces deux puissants génies. — Hugo, indifférent à la philosophie et à la science, consacrait son « immense génie » qui « embrassait dans son immensité le visible et l'invisible, l'idéal et le réel, les monstres de la mer et les créatures de la terre... » à basculer la « balance hémistiche » et à rimer nombril et avril, juif et suif, gouine et baragouine, Marengo et lumbago.

Trente ans plus tard, Charles Darwin reprenait la théorie de G. Saint-Hilaire et de Lamarck, son maître ; il la fécondait de son vaste savoir et de ses découvertes géniales ; et, triomphante, il l'implantait dans la science naturelle et renouvelait la conception humaine de la création. Hugo, « le penseur du XIXᵉ siècle », que les hugolâtres nomment « le siècle de Hugo » ; Hugo, qui portait dans son crâne « l'idée humaine » vécut indifférent au milieu de ce prodigieux mouvement d'idées. *Il poeta sovrano*, qui passa la plus grande partie de sa vie à courir dans les catalogues de vente et les dictionnaires d'histoire et de géographie, après les rimes riches, ne daigne pas s'apercevoir que Lamarkisme, Darwinisme, Transformisme, rimaient plus richement encore que *faim* et *génovéfain*.

VI

On se souviendra de la débauche d'hyperboles de la presse parisienne, qui dura dix longues journées. Déjà on commence à revenir de cette exubérance d'admiration forcée ; et l'on arrivera bientôt à considérer ces jours d'enthousiasme et d'apothéose, comme un moment de folie inexplicable.

Il serait oiseux de discuter si dans un avenir prochain les œuvres de Victor Hugo vivront dans la mémoire des hommes, comme celles de Molière et de Lafontaine en France ; de Heine et de Gœthe, en Allemagne ; de Shakespeare en Angleterre ; de Cervantès, en Espagne ; ou bien si elles dormiront d'un sommeil profond à côté des poèmes du Cavalier Marin, feuilletés avec lassitude, seulement par quelques érudits, étudiant les origines de la littérature classique. Cependant les lettrés du XVIIe siècle annonçaient que l'*Adone* effacerait à jamais le *Roland furieux*, la *Divine Comédie* et l'*Illiade*, et des foules en délire promenaient des bannières, où l'on proclamait que l'illustre Marin était « l'âme de la poésie, l'esprit des lyres, la règle des poètes... le miracle des génies... celui dont la plume glorieuse donne au poème sa vraie valeur, aux discours ses couleurs naturelles, au vers son harmonie véritable, à la prose son artifice parfait... admiré des docteurs, honoré des rois, objet des acclamations du monde, célébré par l'envie elle-même, etc., etc. » Shakespeare mourait oublié de son siècle.

Parfois les générations futures ne ratifient pas les jugements des contemporains. Mais la critique historique qui n'admire ni ne blâme, mais essaye de tout expliquer, adopte l'axiome populaire, il n'y a pas de fumée sans feu ; elle pense que l'écrivain acclamé par ses contemporains, n'a conquis leurs applaudissements que parce qu'il a su flatter leurs goûts et leurs passions, et exprimer leurs pensées et leurs sentiments dans la langue qu'ils pouvaient comprendre. Tout écrivain que consacre l'engouement du public, quels que soient ses mérites et démérites littéraires, acquiert par ce seul fait une haute valeur historique et devient ce que Emerson nommait un *type représentatif* d'une classe, d'une époque. — Il s'agit de rechercher comment Hugo parvint à conquérir l'admiration de la bourgeoisie.

La bourgeoisie, souveraine maîtresse du pouvoir social, voulut avoir une littérature qui reproduisit ses idées et ses sentiments et parlât la langue qu'elle aimait : la littérature classique élaborée pour plaire à l'aristocratie, ne pouvait lui convenir. Quand on étudiera le romantisme d'une manière critique, les études faites jusqu'ici n'ayant été que des exercices de rhétorique, où l'on s'occupait de louer ou de dénigrer, au lieu d'analyser, de comparer et d'expliquer, on verra combien exactement les écrivains romantiques satisfaisaient, par la forme et le fond, les exigences de la bourgeoisie : bien que beaucoup d'entre eux n'aient pas soupçonné le rôle qu'ils remplissaient avec tant de conscience.

Hugo, ne se distingue ni par les idées, ni par les sentiments, mais par la forme ; il en était conscient.

La forme est pour lui la chose capitale, « otez, dit-il à tous ces grands hommes cette simple et petite chose, le style, et de Voltaire, de Pascal, de Boileau, de Bossuet, de Fénelon, de Racine, de Corneille, de Lafontaine, de Molière, de ces maîtres, que vous restera-t-il ? — Ce qui reste d'Homère après avoir passé par Bitaubé ».—La vérité de l'observation et la force et l'originalité de la pensée, sont choses secondaires, qui ne comptent pas. — « La forme est chose plus absolue qu'on ne pense...Tout art qui veut vivre doit commencer par bien se poser à lui-même les questions de forme de langage et de style... Le style est la clef de l'avenir... Sans le style vous pouvez avoir le succès du moment, l'applaudissement, le bruit, la fanfare, les couronnes, l'acclamation enivrée des multitudes, vous n'aurez pas le vrai triomphe, la vraie gloire, la vraie conquête, le vrai laurier, comme dit Cicéron : *insignia victoriœ, non victoriam* » (1).

Victor Cousin, le romantique de la philosophie, et Victor Hugo, le philosophe du romantisme, servirent à la bourgeoisie l'espèce de philosophie et de littérature qu'elle demandait. Les Diderot, les Voltaire, les Rousseau, les Dalembert et les Condillac du XVIIIe siècle l'avaient trop fait penser pour qu'elle ne désirât se reposer et goûter sans cassements de tête une douce philosophie et une sentimentale poésie, qui ne devaient plus mettre en jeu l'intelligence, mais amuser le lecteur, le transporter dans les nuages et le pays des rêves, et charmer ses yeux par la beauté et

---

(1) **Victor Hugo.** *Philosophie et littérature mêlées,* 1831. p 27-49-50-51.

la hardiesse des images, et ses oreilles par la pompe et l'harmonie des périodes.

La révolution de 1789 transplanta le centre de la vie sociale de Versailles à Paris, de la cour et des salons, dans les rues, les cafés et les assemblées populaires. Les journaux, les pamphlets, les discours étaient la littérature de l'époque, tout le monde parlait et écrivait et sans nulle gêne piétinait sur les règles du goût et de la grammaire. Un peuple de mots, de néologismes, d'expressions, de tournures et d'images, venues de toutes les provinces et de toutes les couches sociales, envahirent la langue polie, élaborée par deux siècles de culture aristocratique. Le lendemain de la mort de Robespierre, les grammairiens et les puristes reprirent la férule arrachée de leurs mains et se mirent à l'œuvre pour expulser les intrus et réparer les brèches de la langue du XVIII° siècle, ouvertes par les sans-culottes. Ils réussirent en partie ; et imitant les précieuses de l'hôtel Rambouillet, ils châtrèrent la langue parlée et écrite de plusieurs milliers de mots, d'expressions qui ne lui ont pas encore été restitués. Heureusement que Châteaubriand, suivant l'exemple donné par les royalistes des *Actes des apôtres* qui avaient soutenu le trône et l'autel dans le langage des halles, défendit, au grand scandale des puristes, la réaction et la religion avec la langue et la rhétorique enfantées par la révolution. Le succès d'*Atala*, du *Génie du crhistianisme* et des *Martyrs* fut immense. L'honneur d'avoir dans ce siècle, non pas créé, mais consacré littérairement la langue romantique appartient à Châteaubriand, qui fut le maître de Victor Hugo.

Mais Châteaubriand, à l'exception d'une petite chanson fort connue et d'une pièce de théâtre justement inconnue, n'écrivit qu'en prose. Il restait encore à briser le moule du vers classique, à assouplir le vers à une nouvelle harmonie, à l'enrichir d'images, d'expressions et de mots que possédait déjà la prose courante et à ressusciter les vieilles formes de la poésie française. Victor Hugo, Lamartine, Musset, Vigny, Gautier, Banville, Baudelaire et d'autres encore se chargèrent de cette tâche. Hugo, aux yeux du gros public, accapara la gloire de la pléïade romantique, non parcequ'il fut le plus grand poète, mais parce que sa poétique embrasse tous les genres et tous les sujets, de l'ode à la satire, de la chanson d'amour au pamphlet politique : et parce que, il fut le seul qui mit en vers les tirades charlatanesques de la philanthropie et du libéralisme bourgeois. Partout il se montra virtuose habile. Ainsi que les modistes et les couturières parent les mannequins de leurs étalages des vêtements les plus brillants, pour accrocher l'œil du passant, de même Victor Hugo costuma les idées et les sentiments que lui fournissaient les bourgeois, d'une phraséologie étourdissante, calculée pour frapper l'oreille et provoquer l'ahurissement ; d'un verbiage grandiloquent, harmonieusement rythmé et rimé, hérissé d'antithèses saisissantes et éblouissantes, d'épithètes fulgurantes. Il fut, après Châteaubriand, le plus grand des étalagistes de mots et d'images du siècle.

Ses talents d'étalagiste littéraire n'eurent pas suffi pour lui assurer cette admiration de confiance, si

universelle ; ses actes, plus encore que ses écrits, lui
valurent la haute estime de la bourgeoisie. Hugo fut
bourgeois jusque dans la moindre de ses actions.

Il se signait dévotement devant la formule sacra-
mentelle du romantisme : *l'art pour l'art* ; mais,
ainsi que tous bourgeois ne songeant qu'à faire fortune, il consacrait son talent à flatter les goûts du public qui paie, et selon les circonstances il chantait la
royauté ou la république, proclamait la liberté ou
approuvait le baillonnement de la presse ; et quand
il était besoin d'éveiller l'attention publique il tirait
des coups de pistolets : — *le beau, c'est le laid* est le
plus bruyant de ses pétards.

Il se vantait d'être l'homme immuable, attaché au
devoir, comme le mollusque au rocher : mais, ainsi
que tout bourgeois voulant à n'importe quel prix
faire son chemin, il s'accommodait à toutes les circonstances et saluait avec empressement les pouvoirs et les opinions se levant à l'horizon. Embar-
qué à la légère dans une opération politique, mal
combinée, il se retourna prestement, laissa ses co-
pains conspirer et dépenser leur temps et leur argent
pour la propagande républicaine, et s'attela à l'exploitation de sa renommée ; et tandis qu'il donnait à
entendre qu'il se nourrissait du traditionnel pain
noir de l'exil, il vendait au poids de l'or sa prose et
sa poésie.

Il se disait simple de cœur, parlant comme il pensait et agissant comme il parlait ; mais, ainsi que
tout commerçant cherchant à achalander sa boutique, il jetait de la poudre aux yeux à pleines poi-
gnées, et montait constamment des coups au public,

La mise en scène de sa mort est le couronnement de
sa carrière de comédien, si riche en effets savam-
ment machinés. Tout y est pesé, prévu ;. depuis le
char du pauvre dans le but d'exagérer sa grandeur
par cette simplicité et de gagner la sympathie de la
foule toujours gobeuse, jusqu'aux cancans sur le
million qu'il léguait pour un hôpital, sur les 50 mille
francs pour ceci, et les 20 mille pour cela, dans le
but de pousser le gouvernement à la générosité et
d'obtenir des funérailles triomphales sans bourse
délier.

Les bourgeois apprécièrent hautement ces qualités
de Hugo, si rares à trouver réunies chez un homme
de lettres : l'habileté dans la conduite de la vie et
l'économie dans la gestion de la fortune (1). Ils recon-
nurent dans Hugo, couronné de l'auréole du martyre
et flamboyant des rayons de la gloire, un homme de
leur espèce et plus on exaltait son dévouement au
Devoir, son amour de l'idée et la profondeur de sa
pensée, et plus ils s'enorgueillissaient de constater
qu'il était pétri des mêmes qualités qu'eux. Ils se

(1) Un bout de conversation saisi au vol dans la foule du
premier juin. *Premier bourgeois*. — Hugo, devait être diantre-
ment riche pour que l'Etat lui fasse de telles funérailles : ce
n'est pas pour un génie pauvre qu'il ferait tant de dépenses.

Deuxième bourgeois. — Vous avez bien raison. Il laisse, dit-
on, cinq millions.

Premier bourgeois. — Mettons en trois, car on exagère
toujours, et c'est bien beau. Il faut avouer qu'il était plus in-
telligent que les hommes de génie, qui ne savent jamais se re-
tourner et ne laissent jamais de fortune.

Le *Temps* du 4 septembre 1885 fournit les renseignements
suivants sur la fortune de Hugo :

« La succession liquidée de Victor Hugo s'élève approxima-
tivement à la somme de cinq millions de francs. On pourra se

contemplaient et s'admiraient dans Hugo, ainsi qu
dans un miroir. La Bourgeoisie donna une preuv
significative de son identification avec « le gran
homme » qu'elle enterrait au Panthéon. Tand
qu'elle conviait à ses funérailles du premier jui
toutes les nations ; elle ne fermait pas la Bourse
ne suspendait pas la vie commerciale et financièr
parce que le premier juin était jour d'échéance de
effets de commerce et des coupons des valeurs pu
bliques. Son cœur lui disait que Victor Hugo,
poeta sovrano aurait désapprouvé cette mesure ; lt
qui, pour rien au monde, n'aurait retardé de ving
quatre heures l'encaissement de ses rentes et d
ses créances.

faire une idée de la rapidité avec laquelle s'accroissait la fortun
du maître quand on saura que celui-ci réalisa, en 1884, onz
cent mille francs de droits d'auteur.

« Ajoutons que celui des testaments de Victor Hugo qui cor
tient la clause d'un don de cinquante mille francs aux pauvre
de Paris est tout entier écrit de sa main, qu'il est terminé e
daté, *mais non signé*. »

Donner 50.000 francs aux pauvres, même après sa mort
dépassait ce que pouvait l'âme généreuse et charitable de Vic
tor Hugo. Au moment de signer le cœur lui manqua.

Impr. spéciale de la Librairie G. JACQUES & Cie